워터십 다운의 열한 마리 토끼 **3**

WATERSHIP DOWN

워터십 다운의 열한 마리 토끼 3

리처드 애덤스 지음 | 햇살과나무꾼 옮김

사□계절

토끼어 사전

난	'맛있는', '먹기에 좋은'이라는 뜻.
나-프리스	낮 열두 시. 한낮.
닐드로-하인	'검정지빠귀의 노래'라는 뜻. 암토끼 이름.
라	대개 접미사로 쓰여 왕자나 지도자, 족장 토끼를 뜻한다.
루	어떤 낱말에 덧붙여서 그 말보다 더욱 작은 개념이나 친애의 뜻을 나타내는 접미사.
말리	암토끼. '어머니'라는 뜻도 있다.
므사이언	우리는 그들을 만났다.
바이어	배설물을 누다.
밥-스톤스	토끼들의 전통 놀이로, 작은 돌멩이나 막대기 조각 따위를 가지고 한다. 기본적으로 '홀수냐, 짝수냐'와 같은 종류의 단순한 도박이다.
산	공포 때문에 멍해지거나 미치거나 최면에 걸린 듯한 상태. '얼간이 같은', '비탄에 젖은', '절망적인' 상태를 뜻하기도 한다.
슬라이	털.
슬라일리	털머리. 빅윅의 토끼 이름.
실프	바깥, 곧 땅속이 아닌 곳.
실플레이	먹이를 먹으러 땅 위로 나가는 일.
아우슬라	힘세고 영리한 토끼들을 뽑아 만든 통치 집단.
아우슬라파	장로회 경찰로, 에프라파에만 있는 말.
에프라파	운드워트 장군이 세운 토끼 마을.
엘릴	토끼의 적.
엘-어라이라	토끼족의 전설 속의 영웅. 천의 적을 가진 왕자라는 뜻.
엠블리어	여우 냄새와 같이 고약한 냄새를 풍긴다는 뜻.
요나	고슴도치.

우 엠블리어	'재수 없는', '망할', '빌어먹을'이라는 뜻.
우 흐라이어	천의 적. 여우, 담비, 족제비, 고양이, 인간 등 토끼의 적을 말한다.
인레	달 또는 달이 뜨는 시각. 추상적인 의미로 어둠, 죽음, 공포를 뜻하기도 한다.
존	'끝났다' 또는 '끝장이다'라는 말로, 끔찍한 파국을 뜻한다.
크릭사	에프라파의 중심부로, 두 승마길이 만나는 지점에 있다.
티수딘낭	'나뭇잎의 움직임'이라는 뜻. 암토끼 이름.
푸 인레	달이 뜬 이후.
프리스	토끼들이 신으로 의인화한 태양.
프리스라	'태양신' 또는 '하느님'이라는 뜻으로, 인간의 언어로는 '아이고, 맙소사!'쯤 되는 토끼의 감탄사.
플레이	풀 따위의 먹이.
플레이라	양상추 같은 맛있는 먹이.
하이젠슬라이	'이슬처럼 빛나는 털'이라는 뜻. 암토끼 이름.
홈바	여우.
흐라이어	'많다' 또는 '1천', '다수'라는 뜻.
흐라이루	'작은 천'. 파이버의 토끼 이름.
흐라카	똥이나 오줌 같은 배설물.
흐루두두	트랙터 또는 자동차 종류.
흘라오	민들레나 엉겅퀴 꽃받침처럼 물기가 고이는 오목한 곳. 핍킨의 토끼 이름.
흘라오-루	'꼬마 흘라오'란 뜻으로, 흘라오를 친근하게 부르는 애칭.
흘레시	굴이나 마을 없이 땅 위에서 사는 토끼. 트인 땅에서 사는 떠돌이 토끼. 복수형은 흘레실.

3 부　차 례

3부

에
프
라
파

30 새로운 여행

아무도 모르고 있지만 막대한 이익을 가져다줄 사업이 있다.

사우스시 버블사 설립 취지서

이튿날 아침 일찍 토끼들은 너도밤나무 숲 남쪽 끝에서 출발했다. 일행은 5주 전 헤이즐과 함께 샌들포드를 떠나온 토끼들 그대로이고, 벅손이 빠지고 블루벨이 들어온 것만 달라졌다. 어제 회의를 한 뒤 헤이즐은 상황을 가만히 지켜보는 편이 유리하다고 보고 친구들을 더 이상 설득하지 않았다. 모두 겁먹고 있었다. 헤이즐 자신도 두려웠다. 헤이즐이 그렇듯 토끼들도 에프라파와 무자비한 아우슬라 이야기가 머릿속에서 떠나지 않았다. 그러나 더 많은 암토끼를 찾아야 한다는 열망과 에프라파에는 암토끼가 많다는 생각이 이런 공포심을 억눌렀다. 게다가 토끼 특유의 장난기도 발동했다. 원래 토끼는 남의 땅에 들어가 도둑질하기를 좋아하고, 그런 일이라면 무섭다고 꽁무니를 빼는 일이 거의 없다. 벅손이나 스트로베리처럼 몸이 안 좋아서 위험에 빠졌을 때 대처하기 힘든 토끼라면 모를까. 그래서 헤이즐은 비밀 작전이 있다는 말을 슬쩍 흘려서 호기심을 부추겼다. 파이버를 등에 업고 은근한 암시와 약속으로 친구들을 꾈 수 있으리라 기대했다. 과연 헤이즐의 짐작대로였다. 토끼들은 헤이즐과 파이버를 믿었다. 이들 덕분에 무사히 샌들포드를 빠져나와 엔본 강과 공유지를 지나왔고, 철사덫에 걸린 빅윅을 구하고, 언덕에 토끼 마을을 세웠으며, 키하르를 아군으로 끌어들이고, 온갖 어려움을 헤치고 암토끼 두 마리를 얻지 않았던가. 이들이 다음에 무슨 일을 할지는 알 수 없다. 그러나 틀림없이 뭔가 계획이 있었다. 게다가 빅윅과 블랙베리도 그 계획을 잘 알고 있는 눈치였기 때문에 아무도 뒤에 남겠다고 하지 않았다. 또 헤이즐이 누구든지 남고 싶으면 남아도 좋다고 못 박은 것도 효과가 있었다. 그 말에는 겁쟁이 따윈 필요 없으니까 이 영웅적 행위에서 빠질 테면 빠지라는 뜻이 담겨 있었다. 충성이 제2의 천성인 홀리는 더 이상 분위기 망치는 말은 꺼내지 않았다. 홀리는 한껏 쾌활하게 숲 가장자리까지 배웅 나왔다. 그러고는 다른 토끼들이 듣지 못하게 헤이즐한테만 살짝, 위험하니까 부디 조심하라고 당부했다.

"키하르가 뒤따라가면 그 편에 소식을 전해. 그리고 빨리 돌아와."

하지만 막상 모험이 시작되고 실버를 따라 농장 서쪽 고지 대를 지나 남쪽으로 가게 되자 모두 공포와 불안에 빠져 들었다. 지금까지 들은 에프라파 이야기는 아무리 강심장을 가진 토끼라도 겁에 질릴 만했다. 그런데다 에프라파, 아니 그 어디를 가든지 앞으로 이틀 동안은 훤히 트인 언덕 지대에서 보내야 했다. 여우, 담비, 족제비 같은 적을 만나면 땅 위에서 달아날 수밖에 없다. 헤이즐 일행은 띄엄띄엄 흩어져서 천천히 나아간 탓에 지난번 홀리 일행보다 훨씬 느렸다. 길을 잃기도 하고, 위험한 기미에 깜짝 놀라기도 하고, 잠시 쉬기도 하며 나아갔다. 잠시 뒤 헤이즐은 일행을 세 무리로 나누어 실버와 빅윅과 자신이 하나씩 맡아서 이끌었다. 그래도 여전히 암벽을 오르는 등반대처럼 앞선 일행이 지나간 자리를 그대로 따라가는 식으로 느릿느릿 나아갔다.

하지만 숨을 곳은 많았다. 마침 6월에서 한여름인 7월로 넘어가는 때라 산울타리와 풀이 1년 중 가장 무성하고 울창했다. 토끼들은 꽃 핀 마요라나나 전호나 풀밭 속 그늘에 숨어 쉬기도 했다. 빨강 파랑 꽃이 핀 독사풀 수풀에 숨어 섬모로 뒤덮인 풀줄기 사이로 밖을 살피기도 했다. 노랑 꽃이 핀 껑충한 모예화에 몸을 숨기고 나아가기도 했다. 태피스트리에 짜넣은 초원처럼 꿀풀, 용담풀, 칠양지꽃이 곱게 어우러진 탁 트인 풀밭을 서둘러 가로지르기도 했다. 엘릴이 나타날까 봐 불안한 데다 멀리 볼 수 없기 때문에 그 길은 너무도 길게 느껴졌다.

예전에 이 구릉 지대는 키 큰 보리밭도 없는 데다 풀도 양들이 다 뜯어 먹어서 숨을 곳이 별로 없었다. 따라서 적의 눈에 띄지 않고 멀리 간다는 것은 꿈도 꾸지 못했다. 하지만 이제는 양도 오래 전에 자취를 감추고, 트랙터가 일군 넓은 밭에는 밀과 보리가 자라고 있었다. 온종일 토끼들 주위에서는 푸른 밀과 보리 냄새가 떠나지 않았다. 쥐가 득시글거리고 당연히 황조롱이도 많았다. 황조롱이가 무섭긴 했지만 헤이즐의 짐작대로 다 자란 건강한 토끼는 너무 커서 사냥할 엄두를 못 내는 것 같았다. 어쨌든 황조롱이의 공격을 받은 토끼는 아무도 없었다.

후끈한 더위 속에서 니-프리스가 될 무렵 실버가 작은 가시나무 덤불 앞에서 걸음을 멈추었다. 바람 한 점 없고, 공기 중에는 건조한 구릉 지대에서 자라는 노란양국이나 가새풀, 쑥국화 같은 국화과 꽃 향기가 진동했다. 헤이즐과 파이버가 곁에 다가와 웅크리고 앉자 실버는 눈앞의 탁 트인 땅을 바라보며 말했다.

"저것 봐, 헤이즐-라. 홀리는 저 숲을 꺼림칙해했어."

바로 앞쪽으로 200~300미터쯤 되는 곳에 띠처럼 생긴 숲이 구릉을 가로질러 끝없이 길게 뻗어 있었다. 고대 로마군의 보루와 맞닥뜨린 것과도 같았다. 그 숲은 앤도버 북쪽에서 시작되어 종상화 군락과 시내와 양갓냉이 밭이 많은 세인트 메리 본과 브래들리 숲을 지나 구릉 지대를 건너 타들리에서 실체스터까지 이어져 있고 중간에 도로가 나 있기도 했다. 이 구릉 지대를 지나는 숲은 시저스 벨트라고 하는데 도로처럼 5킬로미터 이상 곧게 뻗어 있는 좁다란 숲이었다. 이 무더운 한낮에 숲은 짙은 그늘을 드리우고 있었다. 환한 햇빛이 내리쬐는데도 숲 속은 어두컴컴했다. 이따금 여치가 뛰어다니고 가시나무에서 섬촉새의 아름다운 노래가 들리는 것 말고는 아무런 움직임도 소리도 없었다. 헤이즐은 귀를 쫑긋 세우고 코를 실룩이면서 멎어 있는 공기의 냄새를 맡으며 한동안 지그시 숲을 바라보았다.

이윽고 헤이즐이 입을 열었다.

"별로 이상하지 않은데. 넌 어때, 파이버?"

파이버가 대답했다.

"전혀 안 이상해. 홀리는 이상한 숲이라고 생각했겠지. 사실 그렇기는 하지만 사람은 없는 것 같아. 그래도 혹시 모르니까 확인해 보는 게 좋겠어. 내가 가 볼까?"

헤이즐이 시저스 숲을 살펴보는 사이에 세 번째 무리도 도착했다. 이제 모두 햇빛이 설핏 드는 가시나무 그늘 아래서 귀를 늘어뜨린 채 조용히 풀을 뜯거나 쉬고 있었다.

헤이즐이 물었다.

"거기 빅윅 있어?"

오전 내내 빅윅은 여느 때와 달리 말이 없고 주위에서 벌어지는 일에 아랑곳없이 골똘히 생각에 빠져 있었다. 빅윅이 용감하다는 사실을 누구나 알고 있지 않았다면 혹시 겁먹은 게 아닐까 싶을 정도였다. 언젠가 오래 쉬는 동안 빅윅이 헤이즐과 파이버와 블랙베리하고 이야기하는 것을 블루벨이 얼핏 듣고는 나중에 핍킨에게 전하기를, 셋이 빅윅을 붙잡고 뭔가 안심시키는 것 같더라고 했다. 빅윅은 이렇게 말했다고 한다. "언제 어디서든 싸움이라면 자신 있어. 하지만 역시 이 계획은 나보다는 딴 친구한테 어울릴 것 같아." 그러자 헤이즐이 "아냐, 이 일을 할 수 있는 토끼는 너밖에 없어. 지난번 농장 습격은 장난이었다 치더라도 이번 일은 달라. 모든 것이 여기에 달려 있어." 하고 말했다. 그러고는 블루벨이 듣고 있다는 걸 눈치 채고는 "어쨌든 이 계획에 익숙해지도록 잘 생각해 봐. 이제 출발해야겠다."고 말했다. 그러자 빅윅은 침울하게 자기가 이끄는 토끼들을 모으러 산울타리 쪽으로 내려갔다고 한다.

빅윅은 근처의 쑥덤불과 꽃 핀 엉겅퀴 덤불에서 나와 가시나무 아래에 있는 헤이즐에게 다가갔다.

빅윅이 무뚝뚝하게 물었다.

"무슨 일이야?"

헤이즐이 대답했다.

"고양이들의 왕이여, 저 숲 좀 살펴보고 오시겠소? 고양이나 사람 같은 게 있으면 당장 쫓아 버리고 와서 우리한테 안전하다고 말해 주겠소?"

빅윅이 숲으로 가고 나자 헤이즐이 실버에게 물었다.

"에프라파에서는 어디까지 대정찰을 하지? 벌써 정찰권에 들어와 있는 건 아닐까?"

실버가 말했다.

"확실히는 모르지만 그런 것 같아. 내가 알기론 정찰 범위는 부대에 따라 달라. 활동적인 대장이라면 더 먼 곳까지 순찰하겠지."

헤이즐이 말했다.

"알았어. 되도록 정찰대와 부딪치고 싶지 않아. 만약 들키는 날엔 한 놈도 에프라파로 돌려보내선 안 돼. 이렇게 많은 수를 데려온 것도 다 그 때문이야. 이 숲으로 가면 정찰대를 피할 수 있을 것 같아. 정찰대도 홀리처럼 이 숲을 싫어할지 모르니까."

실버가 말했다.

"하지만 저 숲이 뻗어 나간 방향은 에프라파 쪽이 아닌데?"

헤이즐이 말했다.

"에프라파로 가는 게 아니야. 에프라파에 가까우면서도 안전하게 숨을 곳을 찾는 거지. 좋은 생각 없어?"

실버가 말했다.

"아무래도 너무 위험해, 헤이즐-라. 안전하게 에프라파에 접근하기란 불가능한 데다 어떻게 숨을 곳을 찾겠다는 건지 모르겠어. 게다가 정찰대는 약아빠진 놈들이야. 우리를 발견하고도 모습을 드러내지 않을 거라구. 그대로 돌아가서 보고해 버릴걸."

"어, 빅윅이 온다."

헤이즐이 빅윅을 돌아보며 말했다.

"괜찮아, 빅윅? 음, 좋아. 숲으로 들어가자. 그러고는 숲 반대편으로 나가서 키하르가 우릴 찾을 수 있을 만한 곳에 있어야 돼. 오늘 오후에 온댔으니까 꼭 만나야 돼."

서쪽으로 800미터쯤 가니 시저스 벨트 남쪽 끝에 있는 작은 숲이 나왔다. 숲 서쪽에는 구릉 지대에서 흔히 볼 수 있는 얕고 메마른 골짜기가 있었는데, 폭이 350미터쯤 되고 노란 꽃이 핀 거친 덤불과 잡초가 우거져 있었다. 해 지기 한참 전에 키하르는 시저스 벨트를 따라 서쪽으로 날아오다가 쐐기풀과 갈퀴덩굴 속에서 쉬고 있는 헤이즐 일행을 발견했다. 키하르는 유유히 날아 내려와 헤이즐과 파이버 근처에 내려앉았다.

헤이즐이 물었다.

"홀리는 좀 어때?"

키하르가 말했다.

"슬퍼해. 너 안 돌아온대."

그러고는 이렇게 덧붙였다.

"클로버, 엄마 준비됐어."

헤이즐이 말했다.

"잘됐네. 그래서 누가 클로버한테 갔어?"

"아니, 아니, 다들 싸워."

"뭐, 어떻게든 해결되겠지."

"근데 에이즐, 뭐 해?"

"여기서부턴 네가 도와줘야 돼. 숨을 곳이 필요해. 큰 마을에 가까우면서도 안전한 곳, 저 토끼들한테 들키지 않을 만한 곳 말야. 네가 이곳을 잘 안다면 생각나는 데가 있을 거야."

"얼마나 가까우면 좋아?"

"글쎄, 너트행어 농장에서 벌집 정도면 좋겠어. 사실 그보다 멀면 힘들어."

"그럼 한 군데밖에 없어. 강 건너편으로 가. 그럼 못 찾아."

"강 건너편? 헤엄쳐서 건너란 말야?"

"아니, 아니, 토끼 헤엄쳐서 못 가. 강 크고 깊고 빨라. 다리 있어. 강 건너면 숨을 곳 많아. 큰 마을에서 가깝고."

"정말로 그게 가장 좋은 방법이니?"

"나무 많고 강 있어. 마을 토끼들, 너희 못 찾아."

헤이즐은 파이버에게 물어보았다.

"네 생각은 어때?"

파이버가 말했다.

"생각보다 좋은 곳 같아. 이런 말 하긴 싫지만 다들 지쳐 나가떨어지는 한이 있더라도 지금 당장 빨리 가야 될 것 같아.

구릉 지대에 있으면 위험하지만 일단 강만 건너면 푹 쉴 수 있을 거야."

"그럼 밤에 가는 게 좋겠다. 전에도 밤에 떠났잖아. 일단 많이 먹고 쉬어야 해. 그럼 푸 인레에 출발하는 거다? 오늘은 달이 뜰 거야."

블랙베리가 말을 받았다.

"아이구, '출발'이니 '푸 인레'니 말만 들어도 신물 난다."

어쨌거나 선선한 저녁에 한가로이 풀을 뜯고 나자 모두 기운을 차렸다. 해가 뉘엿뉘엿 기울 무렵 헤이즐은 안전한 덤불 밑에 모두 모아 놓고 펠릿을 씹으며 쉬게 했다. 헤이즐은 자신감 있고 쾌활하게 보이려고 무진 애를 썼지만 친구들이 잔뜩 긴장하고 있다는 것을 느낄 수 있었다. 게다가 계획에 대해 물어 오는 것을 한두 번 얼버무리고 나자, 어떻게 하면 친구들이 긴장과 불안에서 벗어나 홀가분하게 출발할 수 있을지 고민스러웠다. 헤이즐은 처음으로 무리를 이끌게 된 날 밤 엔본 강 근처 숲에서 잠시 쉬던 때를 떠올렸다. 그나마 지금은 지쳐 있는 토끼가 없어서 다행이었다. 토끼들은 밭을 습격하는 흘레시 무리처럼 다부졌다. 어느 누구 하나 처지는 토끼가 없었다. 핍킨과 파이버도 실버나 빅윅 못지않게 건강했다. 그래도 재미있는 이야기를 들으면 힘이 더 솟을 것이다.

헤이즐이 막 말하려는데 마침 에이콘이 나섰다.

"이봐, 댄더라이언! 이야기 하나 해 줄래?"

다른 친구들도 맞장구쳤다.

"그래그래! 어서 해 줘! 기왕이면 깜짝 놀랄 만한 걸로 해!"

댄더라이언이 대꾸했다.

"좋아. '엘-어라이라와 물속의 여우'는 어때?"

호크빗이 말했다.

"'하늘의 구멍'이 좋겠다."

그때 빅윅이 불쑥 말했다.

"아니, 그거 말고."

저녁 내내 입을 꾹 다물고 있던 빅윅이 말문을 열자 다들 웬일인가 하고 돌아보았다.

"이야기해 줄 거면 내가 듣고 싶은 건 딱 하나야. '엘-어라이라와 인레의 검은 토끼'."

헤이즐이 말했다.

"꼭 그 얘기가 아니어도 되잖아."

그러자 빅윅이 헤이즐에게 으르렁거리며 대들었다.

"어차피 이야기를 들을 거면 나도 남들처럼 선택할 권리가 있는 거 아냐?"

헤이즐은 아무 대꾸도 하지 않았다. 다들 잠자코 있자 잠시 뒤 댄더라이언이 착 가라앉은 목소리로 이야기를 시작했다.

31 엘－어라이라와
인레의 검은 토끼 이야기

밤의 힘과 몰아치는 폭풍우,
적의 진지,
죽음의 신이 뚜렷이 서 있는 그곳으로
강한 자는 전진해야 한다.

로버트 브라우닝, 〈앞을 보라〉

"얼마 뒤 모든 사실이 새어 나갔고 동물들 사이에서는 이런저런 말이 떠돌았지. 어떤 이들은 허프사가 다진 왕한테 양상추 사건의 전말을 일러바쳤다고 해. 요나가 숲마다 소문을 퍼뜨리고 다녔다고도 하고. 어쨌든 다진 왕은 켈파진 늪지대에 양상추를 버린 것이 엘－어라이라의 꾀에 넘어간 것임을 알게 되었어. 하지만 당장 병사를 불러 모으지 않고 기회를 엿보았지. 언젠가 기필코 앙갚음하고 말리라 굳게 다짐하면서 말야. 엘－

22

어라이라도 이 사실을 알고 백성들에게 조심하라고, 혼자 다닐 때는 각별히 조심하라고 일렀어.

2월 어느 날 늦은 오후 랍스커틀은 토끼 몇몇을 거느리고 마을에서 조금 떨어진 밭 가장자리의 쓰레기 더미로 갔어. 그날 저녁은 춥고 안개가 끼더니 땅거미가 지기 한참 전부터 짙은 안개가 자욱이 깔렸어. 토끼들은 집으로 돌아오다가 길을 잃고 말았지. 거기다 올빼미까지 나타나 우왕좌왕하다 보니 완전히 방향을 잃고 말았어. 아무튼 랍스커틀은 무리와 떨어져 혼자 헤매 다니다가 도시 밖에 있는 경비대 초소로 들어가고 말았지. 경비원들은 랍스커틀을 붙잡아 다진 왕 앞으로 끌고 갔어.

다진 왕은 이번에야말로 엘-어라이라에게 앙갚음을 하겠다고 마음먹었어. 왕은 랍스커틀을 특별 감옥에 가두고 날마다 끌어내어 일을 시켰지. 얼어붙을 듯이 추운 날에도 굴을 파게 했어. 한편 엘-어라이라는 어떻게든 랍스커틀을 구해 내겠다고 맹세했지. 그리고 그 맹세를 지켰어. 나흘 동안 자신의 암토끼 둘과 함께 숲에서부터 랍스커틀이 일하는 둔덕 뒤쪽까지 땅굴을 판 거야. 마침내 이 땅굴은 랍스커틀이 파고 있던 둔덕의 굴과 가까워졌지. 랍스커틀은 창고를 만들라는 명령에 따라 굴을 넓히고 있었고 보초들은 밖에서 감시를 하고 있었어. 엘-어라이라는 어둠 속에서 흙 파는 소리를 따라가 랍스커틀을 만났어. 그러고는 함께 땅굴을 빠져나와 숲으로 도망쳤지.

23

이 소식을 들은 다진 왕은 불같이 노해서 이번에는 전쟁을 일으켜서라도 엘—어라이라의 숨통을 끊어 놓겠다고 작정했어. 다진 왕의 병사들은 밤에 출정해서 펜로 초원으로 갔지. 하지만 토끼굴에 들어갈 수가 없었어. 몇몇은 들어가 보려고도 했지만 엘—어라이라와 다른 토끼들한테 금방 쫓겨 나오고 말았어. 병사들은 어둡고 좁은 공간에서 싸우는 데 익숙하지 않은 탓에 토끼들에게 물어뜯기고 할퀴어지다가 간신히 도망쳐 나와 안도의 한숨을 내쉬었지.

하지만 군대는 물러가지 않았어. 굴 밖에 진을 치고 기다렸지. 토끼들이 실플레이하러 나오려고 보면 적들이 떡 버티고 있는 거야. 토끼굴이 하도 많아서 모든 굴을 지킬 순 없었지만, 다진 왕의 병사들은 워낙 날쌔서 코빼기만 내밀어도 바로 덤벼들었지. 엘—어라이라의 백성들은 풀 한두 입을 뜯고는 쏜살같이 굴로 도망쳐야 했던지라 근근히 목숨만 이어 나갔어. 엘—어라이라는 온갖 꾀를 다 써 보았지만, 다진 왕을 없애지도 못하고 백성들을 구할 수도 없었어. 굴에 갇힌 토끼들은 점점 여위고 비참해졌어. 병든 토끼들도 생겨났지.

결국 엘—어라이라도 절망에 빠지고 말았어. 그러던 어느 날 밤, 전날 아비를 잃은 토끼 일가족을 위해 목숨을 걸고 몇 번인가 풀을 뜯어 날라 주다가 자기도 모르게 외쳤지. '오, 프리스 님이여! 제 백성을 살리는 일이라면 무엇이든 하겠습니다! 담비나 여우하고라도 흥정하겠습니다. 아니, 인레의 검은 토끼하

24

고도 흥정하겠습니다!'

이 말을 내뱉은 순간 엘-어라이라는 퍼뜩 깨달았어. 분명히 다진 왕을 멸망시킬 힘을 가지고 있고 그럴 의지도 있는 존재를 찾는다면, 그건 바로 인레의 검은 토끼라고. 인레의 검은 토끼도 토끼인 데다 다진 왕보다 천 배나 강하니까. 하지만 검은 토끼를 생각만 해도 식은땀이 흐르고 몸서리가 쳐져서 엘-어라이라는 굴길에 그대로 주저앉아 버렸지. 잠시 뒤 엘-어라이라는 굴로 돌아가 자기가 한 말의 의미를 차분히 생각해 보았어.

너희도 알다시피 인레의 검은 토끼는 공포이자 끝없는 암흑이야. 분명히 토끼이긴 하지만 너무도 끔찍한 악몽이라, 오늘도 내일도 우리는 프리스 님에게 그 악몽에서 우리를 구해 달라고 빌고 있지. 산울타리 틈새에 덫이 놓여 있으면 검은 토끼는 덫의 말뚝이 어디에 박혀 있는지 훤히 알지. 족제비가 춤을 출 때 검은 토끼는 멀지 않은 곳에 있어. 다들 알겠지만 가끔가다 헛된 장난이나 도둑질로 목숨을 잃는 토끼들이 있는데 그것도 다 검은 토끼 때문이야. 검은 토끼가 개 냄새나 총을 알아차리지 못하게 가로막거든. 검은 토끼는 병을 퍼뜨리기도 하지. 또 밤에 나타나서 토끼의 이름을 불러. 그러면 어떤 위험이든지 이겨 낼 수 있는 젊고 튼튼한 토끼라 해도 검은 토끼 앞에 나가지 않고는 못 배기지. 그러고는 아무런 흔적도 남기지 않고 검은 토끼를 따라간다고 해. 검은 토끼가 우리를 증오해서 멸망시키려 한다는 말도 있지. 하지만 검은 토끼는 프리스 님을 모시고 있고 자신에게 주어진 임무를 충실히 수행하고 있을 뿐이야. 요컨대 운명을 집행할 따름이지. 우리는 세상에 태어났다가 언젠가 죽게 마련이야. 하지만 단순히 적의 밥이 되어서 죽는 건 아니야. 그렇다면 우리 토끼족은 하루아침에 멸망하고 말 테니까. 우리는 인레의 검은 토끼의 뜻에 따라, 오로지 그 의지에 따라 죽는 거야. 비록 우리에게는 그 의지가 너무나 가혹하게 느껴지지만 검은 토끼도 우리의 보호자라고 할 수 있어. 프리스 님이 토끼들에게 한 약속을 알고 있고 우리 가운데 누구라도 그의 허락 없이 죽음을 당하면 반드시 앙갚음을 해 주기 때문이지. 사냥터지기의 교수대를 본 적이 있다면 검은 토끼가 멋대로 날뛰는 엘릴에게 어떤 보복을 하는지 잘 알 거야.

엘-어라이라는 그날 밤 혼자 굴에 틀어박혀서 무시무시한 생각을 했어. 그가 알기로는 지금까지 그런 일을 한 토끼는 아무도 없었지. 엘-어라이라는 굶주림과 두려움 그리고 죽음을 앞에 둔 토끼에게 찾아오는 몽롱한 상태에서도 기를 쓰고 생각했고, 계속 생각하다 보니 어쩌면 성공할 수도 있을 것 같았어. 엘-어라이라는 인레의 검은 토끼를 찾아가서 자기 목숨과 백성들의 안전을 맞바꾸기로 결심했어. 진심으로 목숨을 내놓을 생각이 아니라면 검은 토끼 근처에는 얼씬도 하지 않는 게 낫지. 검은 토끼가 엘-어라이라의 목숨 따윈 필요 없다고 할 수도 있어. 만일 그렇다면 다른 방법을 시도해 봐야지. 어쨌든 인레의 검은 토끼한테 거짓으로 목숨을 바치겠다고 해서는 안 되었지. 엘-어라이라는 백성들의 안전을 보장받을 수만 있다면 그 대가로 기꺼이 자신의 목숨을 바칠 작정이었어. 결국 성공한다면 엘-어라이라 자신은 돌아오지 못한다는 이야기야. 따라서 다진 왕을 물리치고 마을을 구할 방법을 가지고 돌아올 토끼를 데려가야 했지.

날이 밝자 엘-어라이라는 랍스커틀을 만나 한낮이 되도록 오랫동안 이야기를 나누었어. 그러고는 아우슬라들을 불러 모아 앞으로의 계획을 알려 주었어.

그날 저녁 어두워지기 시작하자 토끼들이 굴 밖으로 뛰쳐나가 다진 왕의 병사들을 공격했어. 하나같이 용감하게 싸웠고 몇몇은 죽음을 당했지. 적은 토끼들이 탈출하려는 줄 알고 토끼들을 포위해서 굴속으로 다시 몰아넣으려고 했어. 하지만 사실 그 싸움은 다진 왕과 병사들의 관심을 딴 쪽으로 돌리기 위한 것이었어. 날이 완전히 깜깜해지자 엘-어라이라와 랍스커틀은 마을 뒤편에서 살짝 빠져나가 도랑을 따라 도망쳤지. 그즈음 아우슬라들은 도로 굴속으로 물러나 다진 왕의 병사들한테서 야유를 받고 있었지. 다진 왕은 그예 사신을 보내 항복 조건을 놓고 엘-어라이라와 담판을 짓자고 했어.

한편 엘-어라이라와 랍스커틀은 어둠 속을 여행했어. 둘이 어디로 갔는지는 나도 모르고 그 누구도 몰라. 혹시 피버퓨 할

아버지 생각나니? 그 할아버지는 이 이야기를 들려줄 때마다 이렇게 말했지. '그들은 오래 여행하지 않았어. 시간이 전혀 걸리지 않았지. 두 토끼는 다리를 절룩이고 비틀거리며 악몽을 거쳐 자기들이 가고자 하는 그 무시무시한 세계로 들어갔어. 그들이 여행하는 곳에서는 해도 달도 아무런 의미가 없고 여름이나 겨울 또한 무의미했지. 너희는 결코 알 수 없을 것이다.' 이 대목에서 피버퓨 할아버지는 우리를 하나하나 둘러보며 말하곤 했지. '엘-어라이라가 얼마나 깊은 어둠 속으로 들어갔는지는 너희도 나도 결코 알 수 없을 것이다. 땅 위로 솟아 있는 거대한 바위를 본 적 있느냐. 그 바위는 땅속으로 얼마나 깊이 박혀 있을까? 바위를 쪼개어 보라. 그러면 알 수 있으리라.'

마침내 두 토끼는 풀 한 포기 없는 높은 지대 앞에 이르렀어. 그들은 양보다 더 큰 잿빛 바위들 사이에서 점판암 조각들을 딛으며 기어올랐어. 안개와 진눈깨비가 소용돌이치고, 똑똑 물 떨어지는 소리와 이따금 아득한 위쪽에서 사악하고 거대한 새 울음소리만 들려왔어. 이 소리들은 세상에서 가장 큰 나무보다 더 높이 솟은 검은 암벽들 사이에서 메아리쳤지. 햇볕이 들지 않아 눈이 사방에 듬성듬성 쌓여 있었어. 이끼는 미끄럽고, 발부리에 차인 돌멩이들이 좁은 골짜기로 데굴데굴 굴러 떨어졌어. 엘-어라이라는 길을 알고 있었던지라 계속 나아갔지만, 어느새 안개가 너무 짙어져서 아무것도 보이지 않앉어. 두 토끼가 절벽에 바싹 붙어서 조금씩 조금씩 나아가는데, 그러는 동안 등 뒤에서는 절벽이 점점 앞으로 기울더니 컴컴한 천장처럼 토끼들 위로 드리워졌지. 절벽이 끝나는 곳에 거대한 토끼굴 같은 터널이 나타났어. 얼어붙는 듯한 추위와 쥐 죽은 듯 고요한 정적 속에서 엘-어라이라는 발을 구르고 꼬리를 흔들어 랍스커틀에게 신호를 보냈어. 그러고 나서 터널로 들어서려는 순간, 어둠 속에서 바위처럼 보이던 것이 실은 바위가 아니라는 사실을 깨달았어. 그들 옆에 있던 바위는 알고 보니 돌처럼 차갑고 이끼처럼 미동도 않는 인레의 검은 토끼였던 거야.”

그때 핍킨이 저녁 어스름을 뚫어지게 바라보며 떨리는 소리로 말했다.

“헤이즐, 난 이 이야기가 싫어. 겁이 나서……..”

파이버가 달랬다.

“괜찮아, 흘라오-루. 너만 무서운 게 아냐.”

사실 파이버는 침착하고 초연해 보였다. 함께 이야기를 듣고 있는 토끼들한테서는 전혀 볼 수 없는 태도였다. 그러나 핍킨은 눈치 채지 못했다.

파이버가 말했다.

“잠깐 나가서 거미가 나방 잡는 거 구경할까? 아까 살갈퀴 밭이 있었는데. 아마 이쪽일 거야.”

파이버는 조용히 말하면서 핍킨을 데리고 무성한 수풀로 갔다. 헤이즐은 둘이 어느 쪽으로 가는지 확인하려고 돌아보았다. 그러는 사이 댄더라이언은 이야기를 계속해야 할지 어쩔지 몰라 머뭇거렸다.

빅윅이 단호하게 말했다.

"계속해, 하나도 빠뜨리지 말고."

댄더라이언이 말했다.

"모르긴 해도 이 이야기엔 많은 일들이 빠져 있을 거야. 엘-어라이라가 찾아간 그 나라에 우린 안 가 봤으니 실제로 어떤지 알 수 없잖아. 아무튼 내가 듣기론 두 토끼는 검은 토끼를 알아본 순간 터널로 도망쳤어. 그럴 수밖에 없었겠지. 달리 도망칠 곳이 없었으니까. 제 발로 검은 토끼를 찾아왔고 모두의 운명을 짊어지고 있었지만 어쩔 수 없었지. 다른 토끼들과 달리 용감하게 출발했지만 결과는 마찬가지였어. 터널을 따라 한참 미끄러지고 넘어지고 구르다 보니 두 토끼는 어느새 거대한 바윗굴에 와 있었어. 온통 돌투성이였지. 검은 토끼가 발톱으로 산을 파서 만든 굴이었어. 그리고 굴 안에는 좀 전에 본 검은 토끼가 기다리고 있었지. 다른 토끼들도 있었어. 소리도 냄새도 없는 그림자 토끼들이었지. 검은 토끼한테도 아우슬라가 있었던 거야. 그런 토끼들은 절대로 만나고 싶지 않아.

'엘-어라이라여, 그대는 왜 이곳에 왔는가?'

검은 토끼의 목소리는 꼭 어둠 속에서 연못으로 떨어지는 물소리처럼 울려 퍼졌어.

엘-어라이라는 모기만 한 소리로 대답했어.

'제 백성들 때문에 왔습니다.'

검은 토끼한테서는 1년 묵은 뼈에서 나는 듯한 냄새가 났어. 캄캄한 어둠 속에서 검은 토끼의 눈동자가 보였는데, 빛을 뿜지 않는 붉은 눈동자였지.

검은 토끼가 말했어.

'여기는 그대가 올 곳이 아니다, 엘-어라이라. 그대는 살아 있다.'

엘-어라이라가 대답했어.

'왕이시여, 저는 목숨을 바치러 왔습니다. 제 목숨과 제 백성들의 목숨을 맞바꾸러 왔습니다.'

검은 토끼는 발톱으로 바닥을 스윽 긁었어.

'거래, 거래라. 목숨을 내놓겠으니 아기를 살려 달라는 어미 토끼나, 족장 토끼를 대신하여 목숨을 바치겠다는 충성스러운 아우슬라 대장들은 날마다 있다. 그런 소원은 이루어지기도 하고, 이루어지지 않기도 하지. 하지만 거래란 없다. 이곳에서는 모든 것이 정해진 대로 이루어질 뿐이다.'

엘-어라이라는 묵묵히 듣고만 있었어. 하지만 속으로는 이렇게 생각했지.

'꾀를 써서 검은 토끼가 내 목숨을 가져가게 할 수 있을지도 몰라. 그렇게 되면 무지개 왕자가 그랬듯이 검은 토끼도 약속을 지킬 수밖에 없겠지.'

31

검은 토끼가 말했어.

'엘-어라이라, 그대는 내 손님이다. 내 굴에서 얼마든지 지내도 좋다. 여기서 자고 먹도록 하라. 그런 혜택은 아무에게나 베푸는 것이 아니다.'

그러고는 아우슬라에게 명령했어.

'이 토끼에게 먹을 것을 주어라.'

그러자 엘-어라이라가 얼른 말했어.

'먹을 건 괜찮습니다.'

엘-어라이라는 그 굴에서 음식을 받아먹으면 마음속 생각이 훤히 드러나기 때문에 속임수를 못 쓰게 된다는 사실을 알고 있었던 거야.

검은 토끼가 말했어.

'그럼 그대를 즐겁게라도 해 줘야겠군. 엘-어라이라여, 그대 굴처럼 편히 여기라. 자, 밥-스톤스*나 할까.'

엘-어라이라가 말했어.

'좋습니다. 하지만 검은 토끼시여, 제가 이기면 제 목숨을 가져가시고 그 대신 제 백성들의 안전을 약속해 주셔야 합니다.'

---

*밥-스톤스 : 토끼들의 전통 놀이로, 작은 돌멩이나 막대기 조각 따위를 가지고 한다. 기본적으로 '홀수냐, 짝수냐'와 같은 종류의 단순한 도박이다. 한 토끼가 돌이나 막대기를 골라 앞발로 감추면, 상대 토끼가 '하나' 또는 '둘', '밝은 색' 또는 '어두운 색', '거칠거칠하다' 또는 '매끈하다' 등 숨겨진 돌이나 막대기의 특징을 맞히는 놀이이다.

검은 토끼가 말했어.

'그러지. 허나 내가 이기면 그대의 꼬리와 수염을 내놓아야 한다.'

돌을 가져오자 엘-어라이라는 깊고 추운 굴에 앉아 인레의 검은 토끼와 게임을 시작했어. 물론 엘-어라이라도 밥-스톤스를 할 줄 알았어. 누구한테도 지지 않을 만큼 잘했지. 허나 아우슬라들이 소리 없이 버티고 있는 그 무시무시한 곳에서, 그것도 검은 토끼의 눈앞에서 게임을 하자니 머리도 돌아가지 않았고, 돌을 던지기도 전에 검은 토끼는 뭐가 나올 줄 다 알고 있을 것만 같았어. 검은 토끼는 조금도 서두르지 않았어. 눈이 내려앉듯 소리 없이 흔들리지 않고 게임을 계속했어. 마침내 엘-어라이라는 싸울 의욕마저 사라졌고 도저히 이길 수 없음을 깨달았지.

검은 토끼가 말했어.

'엘-어라이라여, 약속한 것은 아우슬라에게 주어라. 그대가 잠잘 굴은 아우슬라들이 안내해 줄 것이다. 나는 내일 다시 올 텐데, 그때까지 있으면 다시 만나 주겠노라. 허나 떠나고 싶으면 언제든지 떠나라.'

그러자 아우슬라가 엘-어라이라를 데려가서 수염을 뽑고 꼬리를 잘랐어. 엘-어라이라가 정신을 차려 보니 랍스커틀과 함께 바윗굴에 있었어. 그 굴은 입구가 산으로 이어져 있었지.

랍스커틀이 말했어.

'오, 주인님, 이제 어떻게 하시겠습니까? 제발 마을로 돌아갑시다. 깜깜한 곳에서는 제가 안내해 드리겠습니다.'

그러자 엘-어라이라가 말했어.

'절대로 안 가네!'

엘-어라이라는 아직도 검은 토끼한테서 백성들의 안전을 약속받겠다는 바람을 버리지 못했어. 검은 토끼는 엘-어라이라가 도망갈 수 있도록 일부러 이런 굴에 넣은 게 분명했지.

'절대로 못 가! 개쑥갓과 으아리로 꼬리와 수염을 만들면 되지. 어서 나가서 구해 와, 랍스커틀. 내일 저녁까지는 꼭 돌아와.'

랍스커틀은 명령을 받고 나가고 굴에는 엘-어라이라 혼자 남았어. 하지만 잠은 거의 자지 못했어. 상처의 통증과 두려움에 시달리기도 했지만 무엇보다 검은 토끼를 속여 넘길 꾀를 생각하느라 잠을 설쳤지. 이튿날 랍스커틀이 순무를 조금 갖다 주자, 엘-어라이라는 그걸 먹고 나서 랍스커틀의 도움을 받아 메마른 개쑥갓과 으아리로 잿빛 꼬리와 수염을 만들어 달았어. 그러고는 해가 저물자 아무 일도 없었다는 듯 검은 토끼를 만나러 갔지.

'엘-어라이라 자네로군.'

검은 토끼는 코를 위아래로 실룩이는 대신 개처럼 코를 쑥 내밀어 냄새를 맡았어.

'내 굴은 자네가 살던 굴과 딴판이었을 텐데. 그래도 편하게

지내려고 애는 썼겠지?'

엘-어라이라가 말했어.

'네, 머물게 해 주셔서 감사합니다.'

검은 토끼가 말했지.

'오늘 밤에는 밥-스톤스를 하지 않겠다. 나는 그대를 괴롭힐 생각이 없음을 알아주게. 나는 천의 적이 아니네. 다시 말하지만, 머무르든 떠나든 마음대로 하게. 허나 머물 생각이라면 이야기 하나 들려줄까? 괜찮다면 자네도 하나 들려주고.'

엘-어라이라가 말했어.

'좋습니다. 대신 제 이야기도 당신 이야기 못지않게 재미있으면 제 목숨을 가져가시고 백성들을 구해 주십시오.'

검은 토끼는 흔쾌히 승낙했어.

'그러지. 허나 그렇게 못하면 이번에는 귀를 내놓게.'

검은 토끼는 엘-어라이라가 내기를 거절할지 어떨지 기다렸지만, 엘-어라이라는 거절하지 않았어.

검은 토끼가 공포와 암흑에 관한 무시무시한 이야기를 들려주자 엘-어라이라와 랍스커틀은 심장이 그대로 얼어붙는 것같았어. 한 마디 한 마디가 다 사실이라는 것을 알고 있었거든. 둘 다 머릿속이 혼란스러워졌어. 얼음처럼 차가운 구름 속에 내던져져 감각이 마비된 것 같았지. 검은 토끼의 이야기는 벌레가 나무 열매를 야금야금 파먹듯이 가슴속으로 파고 들어와 빈 껍데기만 남겨 놓았어. 마침내 그 끔찍한 이야기가 끝나자 엘-어라이라도 이야기를 하려고 애썼어. 하지만 아무 생각도 나지 않아서 말을 더듬거리며, 매를 피해 다니는 쥐처럼 우왕좌왕 뛰어다녔지. 검은 토끼는 짜증도 내지 않고 잠자코 기다렸어. 마침내 엘-어라이라가 이야기를 할 수 없다는 게 분명해지자 아우슬라가 엘-어라이라를 붙잡아 깊은 잠을 재웠어. 엘-어라이라가 깨어나 보니 두 귀는 사라지고 랍스커틀만 아기 토끼처럼 훌쩍거리며 곁을 지키고 있었지.

랍스커틀이 애원했어.

'주인님, 이렇게 고통당해 봤자 뭐 합니까? 프리스 님과 푸른 풀에 대고 말씀드리건대, 제발 마을로 돌아갑시다.'

엘-어라이라는 꿈쩍도 안 했어.

'바보 같은 소리. 어서 크고 싱싱한 수영 이파리 두 장만 따와. 귀 대신 달고 다니기 딱 좋을 거야.'

랍스커틀이 말했어.

'수영 잎은 금방 시들 테고, 저도 지금 말라 가고 있습니다.'

엘-어라이라는 엄숙하게 말했어.

'내가 할 일을 끝낼 때까지는 시들지 않을 게다. 하지만 방법이 보이질 않는구나.'

랍스커틀이 나가자 엘-어라이라는 정신을 가다듬고 차근차근 따져 보았어. 검은 토끼는 엘-어라이라의 목숨을 받지 않겠다고 한다. 또 목숨을 주는 내기를 하더라도 도저히 이길 가망이 없다. 얼음판에서 달리기를 하는 것이나 마찬가지다. 그런데 검은 토끼가 엘-어라이라를 미워하지 않는다면, 왜 이런 고통을 주는 것일까? 용기를 꺾고 단념시켜서 쫓아 버리려고? 그렇다면 왜 그냥 쫓아내지 않는 걸까? 왜 엘-어라이라가 먼저 내기를 걸어서 지기를 기다렸다가 고통을 주는 걸까? 한순간 답이 퍼뜩 떠올랐어. 그 그림자 토끼들은 엘-어라이라가 겁에 질려 제 발로 나가지 않는 한 그를 쫓아내거나 상처를 입힐 수 없었던 거야. 물론 그들은 엘-어라이라를 도와줄 생각도 없을 거야. 할 수만 있다면 그의 의지를 꺾어 버리고 싶겠지. 하지만 혹시 그림자 아우슬라한테 토끼족을 구할 수 있는 뭔가가 있지 않을까? 그렇다면 엘-어라이라가 그것을 빼앗아 와도 그들은 꼼짝 못하지 않을까?

랍스커틀이 돌아와 엘-어라이라에게 흉측하게 잘린 귀 대신 수영 잎사귀를 붙여 주었어. 그리고 둘은 잠시 눈을 붙였지. 엘-어라이라는 자기한테 모든 기대를 걸고 있는 굶주린 백성들이 다진 왕의 병사들을 물리치려고 굴길에서 기다리고 있는 꿈만 계속 꾸었어. 그러다 춥고 쥐가 나는 바람에 퍼뜩 깨어나 굴길을 헤매 다녔어. 수영 잎사귀는 원래 있던 귀처럼 쫑긋 세우거나 움직일 수 없어서 엘-어라이라는 잎사귀를 축 늘어뜨린 채 비틀비틀 나아가다가, 좁은 굴길 몇 개가 깊은 땅속으로 이어지는 곳에 이르렀지. 거기에는 유령 같은 그림자 아우슬라 둘이서 바쁘게 돌아다니며 암흑에 싸인 일들을 하고 있었어. 그들은 돌아서서 엘-어라이라를 겁주려고 노려보았지만, 엘-어라이라는 두려움 따윈 사라진 상태라 그들이 자기한테 숨기려고 하는 것이 무엇일까를 생각하며 마주 보았지.

이윽고 아우슬라 하나가 입을 열었어.

'돌아가시오, 엘-어라이라. 그대는 이 굴에 볼일이 없소. 그대는 살아 있는 몸이고, 고통도 겪을 만큼 겪었소.'

엘-어라이라가 대답했어.

'내 백성들만큼은 아니오.'

그림자 아우슬라가 말했어.

'이곳에는 토끼 마을 천 개가 겪고도 남을 만한 고통이 있소. 고집 부리지 마시오, 엘-어라이라. 이 굴들 속에는 온갖 전염병과 질병이 다 모여 있소. 고열과 피부병과 배앓이 따위 말이오. 게다가 바로 이 굴에는 백맹증이 있소. 이 병에 걸리면 토끼들은 절름거리며 벌판에 나가 죽고, 그 썩어 가는 시체는 엘릴도 감히 건드리지 않지. 우린 인레 님께서 언제든지 이런 병들을 쓰실 수 있도록 준비해 놓고 있소. 모든 것은 정해진 대로 이루어지는 법이니.'

엘-어라이라는 생각하고 말고 할 것도 없었어. 그래서 되돌아가는 척하다가 휙 돌아서서 빗방울이 떨어지는 속도보다 더 빨리 그림자 토끼들을 밀치고 가장 가까운 굴로 뛰어들었어. 그림자 토끼들이 굴 입구에서 뭐라고 떠들면서 왔다 갔다 했지만 엘-어라이라는 꼼짝 않고 누워 있었지. 그림자 토끼들은 공포심 말고는 엘-어라이라를 움직일 방법이 없었거든. 잠시

뒤 그림자 토끼들이 물러가고 혼자 남자, 엘-어라이라는 수염
과 귀가 없는데도 늦지 않게 다진 왕의 군대를 찾아갈 수 있을
까 곰곰이 생각했어.

마침내 엘-어라이라는 이만하면 틀림없이 병균에 감염되었
을 거라고 생각하고 굴에서 나와 왔던 길로 되돌아갔어. 언제
부터 증상이 나타나고 얼마쯤 지나면 죽는지 몰랐지만 빨리
돌아가야 하는 것만은 확실했지. 되도록 증상이 나타나기 전
에 말야. 일단 서둘러 랍스커틀을 마을로 보내 다진 왕의 군대
가 전멸할 때까지 백성들에게 굴을 꽁꽁 막고 땅속에 틀어박
혀 있으라고 전하기로 마음먹었어. 물론 랍스커틀에게 가까이
가지 않고 명령만 전달해야 했지.

워낙 깜깜한 탓에 엘-어라이라는 돌에 부딪혔어. 열이 나고
온몸이 덜덜 떨리는 데다 수염이 없어서 주위에 뭐가 있는지
알 수 없었거든.

그 순간 나직한 목소리가 들려왔어.

'엘-어라이라여, 어디로 가느냐?'

엘-어라이라는 소리를 듣지 못하지만 검은 토끼가 곁에 있
는 것을 느꼈어.

엘-어라이라가 말했어.

'집으로 돌아가는 길입니다. 언제든 가고 싶을 때 가라고 하
셨잖습니까?'

검은 토끼가 말했어.

‘뭔가 속셈이 있구나. 무엇이냐?’

‘깊은 굴에 들어가 백맹증에 걸렸으니, 이제 백맹증으로 적을 멸망시켜 백성을 구할 겁니다.’

검은 토끼가 말했어.

‘엘-어라이라여, 백맹증이 어떻게 전염되는지 아느냐?’

순간 엘-어라이라는 불안감에 휩싸여서 아무 말도 하지 않았지.

검은 토끼가 말했어.

‘백맹증은 토끼 귀에 사는 벼룩을 통해 전염되느니라. 벼룩이 병에 걸린 토끼 귀에서 다른 토끼 귀로 옮겨 가야 병에 걸리는 것이다. 엘-어라이라 그대는 귀가 없잖은가. 벼룩이 수영 이파리에 달라붙진 않겠지. 그러니 그대는 병에 걸릴 수도 없고 병을 퍼뜨릴 수도 없느니라.’

그 말을 듣는 순간 엘-어라이라는 마지막 남은 힘과 용기마저 사라져 버렸어. 엘-어라이라는 털썩 쓰러졌어. 움직이려해도 뒷다리만 질질 끌릴 뿐 일어날 수가 없었지. 엘-어라이라는 발버둥을 치다가 지쳐서 가만히 누워 있었어.

이윽고 검은 토끼가 말했어.

‘엘-어라이라여, 이곳은 추운 마을이다. 살아 있는 토끼가 지내기엔 좋지 않은 곳이며 가슴이 따뜻하고 용감한 토끼가 있을 곳은 더더욱 아니다. 그대는 참 골칫거리로구나. 어서 고향으로 돌아가라. 그대의 백성들을 구해 주겠노라. 건방지게

'언제'냐고 묻지 말라. 이곳에는 시간이란 게 없다. 네 백성들은 벌써 구원됐느니라.'

바로 그때 다진 왕과 병사들은 굴에 갇힌 토끼들을 비웃고 있었지. 그러다 갑자기 사방이 컴컴해지면서 공포와 혼란의 도가니에 빠졌어. 온 들판의 엉겅퀴 덤불마다 눈이 빨간 거대한 토끼들이 숨어 있는 것 같았어. 다진 왕의 군대는 혼비백산해서 달아났어. 그러자 거대한 토끼들도 어둠 속으로 사라졌지. 바로 그 때문에 엘—어라이라의 이야기를 들려주는 토끼들도 그것들이 어떤 동물인지, 어떻게 생겼는지 말해 주지 못하는 거야. 그날부터 지금까지 그런 동물들은 두 번 다시 나타나지 않았거든.

한편 엘—어라이라가 일어나 보니, 검은 토끼는 보이지 않고 랍스커틀이 엘—어라이라를 찾으러 달려오고 있었어. 둘은 산허리로 나와 돌이 굴러 떨어지는 안개 낀 골짜기를 내려왔어. 어디가 어디인지도 몰랐지만 검은 토끼의 굴에서 벗어나고 있는 것만은 분명했지. 그러나 얼마 못 가 엘—어라이라는 그동안 쌓인 충격과 피로로 앓아눕고 말았어. 랍스커틀이 얕은 굴을 파고 그 안에서 함께 며칠을 보냈지.

이윽고 엘—어라이라가 기운을 차리자 다시 길을 떠났지만, 돌아가는 길을 찾을 수가 없었어. 둘 다 어찌할 바를 모르다가 만나는 동물들에게 도움을 구하고 재워 달라고 했어. 결국 석 달 뒤에야 마을로 돌아갈 수 있었지. 그동안 숱한 모험을 겪었는데, 다들 알다시피 그 가운데 몇 가지는 이야기로 전해지고 있어. 한번은 오소리와 함께 지내며 숲에서 꿩 알을 찾아다 주기도 했지. 또 풀베기가 한창이던 들판 한가운데 있다가 가까스로 도망쳐 나온 적도 있었고. 그 힘든 상황 속에서도 랍스커틀은 늘 수영 잎사귀를 새로 구해다 주고 상처가 아물 때까지 파리가 꼬이지 않게 막아 주고 하면서 엘–어라이라를 극진히 보살폈지.

어느 날인가 드디어 둘은 마을에 도착했어. 저녁나절 저무는 햇살을 받으며 많은 토끼들이 풀을 우물거리거나 개밋둑 위에서 놀며 실플레이를 하고 있었어. 둘은 바람에 실려 오는 가시금작화와 쥐손이풀 냄새를 맡으며 들판 언덕배기에 서 있었어.

엘–어라이라가 말했어.

'음, 다들 잘 지내나 보군. 정말 건강해 보여. 조용히 굴로 가서 아우슬라 대장들을 찾아보세. 난리 법석 떠는 건 싫어.'

산울타리를 따라 나아갔지만 어디가 어디인지 알 수가 없었어. 마을이 커져서 둔덕에도 벌판에도 토끼굴이 많아졌거든. 두 토끼는 딱총나무 아래 앉아 있는 영리해 보이는 젊은 수토끼들과 암토끼들에게 말을 걸었어.

랍스커틀이 말했어.

'루즈스트라이프를 찾는데 굴이 어딘지 아나?'

수토끼 하나가 말했어.

'그런 이름은 못 들어 봤는데. 이 마을에 사는 거 맞아요?'

랍스커틀이 말했어.

'죽지 않았다면. 그래도 아우슬라 대장인 루즈스트라이프의 이름쯤은 들어 보았을 텐데? 전투에서 아우슬라를 지휘했으니까.'

다른 수토끼가 물었어.

'전투라뇨?'

랍스커틀이 대답했어.

'다진 왕과의 전투 말이야.'

'아하, 그 전투 말예요? 내가 태어나기도 전에 끝난걸요.'

랍스커틀이 물었어.

'그래도 누가 아우슬라 대장이었는지는 알 것 아닌가?'

'아, 그 수염 하얀 늙다리들 말이죠? 그런 토끼들은 진짜 싫어요. 우리가 그들에 대해 뭘 알아야 한다는 거죠?'

랍스커틀이 말했어.

'그들이 무슨 일을 했는지 들어 보지 못했나?'

처음에 말했던 토끼가 대꾸했어.

'그 전쟁놀이 말예요? 다 지난 일이잖아요. 진작 끝났다구요. 우리하고는 아무 상관도 없어요.'

어떤 암토끼가 맞장구쳤어.

'그 루즈스트라이프란 대장이 무슨 왕인가 하고 싸운 건 자기 사정이지 우리 일은 아니잖아요?'

다른 암토끼가 말했어.

'그 전쟁은 아주 사악한 짓이었어요. 정말 부끄러운 일이죠. 아무도 전쟁에 나가지 않으면 전쟁 같은 건 사라지지 않겠어요? 하지만 늙은 토끼들은 아무리 말해도 이해를 못해요.'

두 번째 수토끼가 말했어.

'우리 아버지도 그 전쟁에 나갔어요. 아버지가 가끔 추억담을 꺼내면 난 얼른 그 자리를 피해 버려요. 그놈들이 이렇게 하자 우리는 이렇게 했다, 어쩌고저쩌고. 다 찢고 까부는 얘기죠. 솔직히 구역질 나요. 할아버지들도 그런 과거 따윈 잊어버리는 게 낫다고 생각할 거예요. 아무래도 절반은 지어낸 이야기 같다니까. 그래 봤자 뭘 어쩌겠다는 거죠?'

세 번째 수토끼가 엘-어라이라에게 공손히 말했어.

'잠깐 기다리셔도 된다면 제가 루즈스트라이프 대장을 찾아보고 올게요. 워낙 마을이 커서 저도 잘 모르는 분이거든요.'

'친절은 고맙네만, 이젠 어디로 가야 할지 알았으니 직접 찾아보겠네.'

엘-어라이라는 산울타리를 따라 숲으로 들어가, 개암나무 아래에 홀로 앉아 들판을 바라보았어. 날이 어둑어둑해질 무렵 문득 바로 곁에 프리스 님이 와 있음을 깨달았어.

프리스 님이 물었어.

'화났느냐, 엘-어라이라?'

엘-어라이라는 대답했지.

'아닙니다. 화나지 않았습니다. 다만 사랑하는 존재가 고통받는 모습만이 안타까운 게 아니라는 사실을 배웠습니다. 자기가 누군가의 선물 덕분에 안전하게 살아가는 줄도 모르는 토끼는, 스스로 어떻게 생각할지는 모르겠지만 민달팽이보다 가련한 존재입니다.'

'엘-어라이라여, 지혜란 아무도 풀을 뜯지 않는 황량한 언덕이나 굴을 팔 수 없는 자갈투성이 둔덕에 있는 법이니라. 선물 이야기가 나왔으니 말인데 그대에게 작은 선물을 가져왔노라. 귀 한 쌍과 꼬리와 수염이다. 처음에는 귀가 어색하게 느껴질 것이다. 귀에다 작은 별빛을 넣어 두었는데 아주 희미한 빛이니라. 그대같이 꾀 많은 도적이라면 그 정도 빛 때문에 들키지는 않을 것이다. 아, 랍스커틀이 오는군. 랍스커틀에게도 선물이 있는데 잘됐구나. 그러면…….'"

"헤이즐, 헤이즐-라!"

빙 둘러앉아 이야기를 듣고 있는 토끼들 옆 우엉 수풀 뒤에서 핍킨이 다급하게 외쳤다,

"여우가 골짜기로 오고 있어!"

32 철길을 건너

사람들은 토끼가 여우를 피해 도망다니는 일이 많은 줄 안다.
물론 토끼는 여우를 무서워하고, 여우 냄새를 맡으면 곧바로
도망친다. 하지만 평생 동안 여우를 한 번도 보지 못하는 경우
가 많고, 여우같이 냄새가 지독하고 자기보다 날쌔지도 않은
동물에게 잡아먹히는 일도 별로 없다. 여우는 토끼를 잡을 때
보통 어딘가에 몸을 숨기고 바람을 맞받으며 살금살금 다가온
다. 이를테면 숲 속에 숨어서 슬금슬금 숲 가장자리까지 나오
는 것이다. 그러다가 둑이나 들판에서 실플레이하는 토끼에게
바투 다가가게 되면 가만히 엎드린 채 잽싸게 덮칠 기회를 노

46

린다. 여우가 족제비처럼 토끼를 홀리는 경우도 있다고 한다. 토끼가 훤히 보는 앞에서 데굴데굴 구르고 장난치면서 조금씩 다가와 얼이 빠진 토끼를 잡는다는 것이다. 어쨌든 해질녘에 여우가 훤히 트인 골짜기를 올라와 토끼를 사냥하는 일은 절대로 없다.

헤이즐은 물론 그 자리에 있던 토끼들은 아무도 여우를 본 적이 없었다. 하지만 트인 공간에서 보란 듯이 다가오는 여우는 제때 발견하기만 하면 무서울 게 없다는 것쯤은 알고 있었다. 헤이즐은 보초도 세우지 않고 댄더라이언 곁에 모여 정신없이 이야기에 빠져 있었던 점을 반성했다. 바람은 북동쪽에서 불어 오고 여우는 서쪽에서 골짜기를 올라오고 있었기 때문에 가만히 앉아 있다가 공격을 당할 수도 있었다. 다행히 파이버와 핍킨이 밖에 나가 있었던 덕분에 위험에서 벗어난 것이다. 헤이즐은 핍킨의 고함 소리를 듣고 깜짝 놀란 가운데에서도, 파이버가 미리 알고서도 남들 앞에서 충고하는 것을 망설이다가 핍킨이 무서워하는 것을 핑계 삼아 스스로 보초를 선 게 틀림없다는 생각이 퍼뜩 들었다.

헤이즐은 재빨리 머리를 굴렸다. 여우가 너무 가까이 와 있지만 않으면 그냥 도망쳐도 된다. 바로 옆에 숲이 있으니까 서로 흩어지지 않게 숲으로 튀어 들어가 가던 길을 계속 가면 된다. 헤이즐은 우엉 덤불을 헤치고 나가서 물었다.

"어디쯤 왔어? 파이버는 어디 있지?"

"여기 있어."

파이버가 2~3미터 떨어진 곳에서 대답했다. 파이버는 키 큰 들장미 덤불 밑에 웅크리고 앉아 옆에 온 헤이즐을 돌아보지도 않고 말했다.

"여우는 저기 있어."

헤이즐은 파이버의 눈길을 따라갔다.

발 아래는 잡초로 뒤덮인 험한 골짜기가 펼쳐져 있었는데 북쪽은 시저스 벨트와 잇닿아 있었다. 나무들 틈새로 스러져 가는 석양 빛이 골짜기를 비추었다. 여우는 골짜기에 있었지만 아직 조금 거리가 있었다. 바람이 여우 쪽으로 불고 있었기 때문에 분명 토끼 냄새를 맡았을 텐데도 여우는 토끼에게 별 관심이 없어 보였다. 끝이 하얀 복슬복슬한 꼬리를 늘어뜨린 채 개처럼 빠른 걸음으로 골짜기를 올라오고 있었다. 오렌지 빛이 도는 갈색 털에 귀와 발이 까맸다. 지금처럼 사냥할 생각이 없을 때조차 교활한 육식 동물의 눈빛을 갖고 있어서 들장미 덤불에서 지켜보던 헤이즐과 파이버는 몸서리를 쳤다. 여우가 엉겅퀴 덤불 뒤로 사라지자 헤이즐과 파이버는 친구들에게 돌아갔다.

헤이즐이 말했다.

"가자. 여우를 한 번도 못 봤다 해도 구경할 생각은 마라. 어서 날 따라와."

헤이즐이 앞장서서 골짜기 남쪽으로 가려는데, 누군가 헤이즐을 거칠게 밀치고 파이버마저 밀치고는 트인 곳으로 뛰쳐나갔다.

헤이즐이 물었다.

"누구야?"

파이버가 눈이 동그래져서 대답했다.

"빅윅이야."

헤이즐과 파이버는 재빨리 들장미 덤불로 되돌아가 골짜기를 내려다보았다. 빅윅이 곧장 여우 쪽으로 달려 내려가는 모습이 훤히 보였다. 헤이즐과 파이버는 아연실색하여 빅윅을 지켜보았다. 빅윅이 다가갔지만 여우는 아직 보지 못했다.

실버가 뒤에서 말했다.

"헤이즐, 내가 갈까?"

헤이즐은 재빨리 말했다.

"아무도 움직이지 마. 다들 가만히 있어."

30미터쯤 떨어진 곳에 이르러서야 여우는 빅윅을 보았다. 여우는 잠시 걸음을 멈추었다가 이내 달려왔다. 여우가 코앞에 다가온 순간 빅윅이 휙 돌아서서 시저스 벨트를 향해 골짜기 북쪽 비탈을 절뚝절뚝 오르기 시작했다. 여우는 다시 망설이다가 곧 빅윅을 쫓아갔다.

블랙베리가 중얼거렸다.

"저 친구 뭐 하는 거야?"

파이버가 대답했다.

"여우를 다른 곳으로 유인하려나 봐."

"뭐 하러 그래! 일부러 그러지 않아도 우린 충분히 도망갈 수 있었는데."

헤이즐이 말했다.

"멍텅구리 자식! 이렇게 화나긴 평생 처음이야."

여우는 걸음을 빨리 하여 헤이즐 일행에게서 꽤 멀어졌다. 빅윅과의 거리가 점점 좁혀지는 듯했다. 해가 떨어져서 어둑어둑한 탓에 빅윅이 덤불숲으로 들어가는 모습이 어렴풋이 보였다. 빅윅이 사라지고 여우도 뒤쫓아 사라졌다. 잠시 정적이 흘렀다. 그러다 어둠이 내리는 텅 빈 골짜기에서 토끼의 비명 소리가 소름 끼치도록 또렷이 들려왔다.

"오, 프리스 님과 인레 님이여!"

블랙베리가 발을 구르며 탄식했다. 핍킨은 휙 돌아서 달아나려고 했다. 헤이즐은 붙박인 듯 가만히 있었다.

실버가 말했다.

"가자, 헤이즐. 이젠 어쩔 수 없어."

그때 빅윅이 수풀에서 뛰쳐나와 쏜살같이 달려왔다. 빅윅이 살아 있다는 사실을 깨닫기도 전에 빅윅은 골짜기를 단숨에 올라와 친구들 사이로 뛰어들었다.

빅윅이 말했다.

"자, 가자! 여기서 나가자구!"

블루벨이 어리둥절해하며 물었다.

"어…… 어…… 너, 다치지 않았니?"

빅윅이 말했다.

"아니, 멀쩡해. 어서 가자구!"

헤이즐은 화가 나서 싸늘하게 말했다.

"내가 가자고 할 때까지 기다려. 넌 죽으려고 작정을 하고 천하에 바보 같은 짓을 했어. 그러니 입 다물고 앉아 있어!"

헤이즐은 뒤로 돌아 어둠이 시시각각 짙어져서 아무것도 보이지 않는 골짜기를 바라보는 척했다. 뒤에서 토끼들이 초조하게 조바심을 쳤다. 몇몇은 벌써부터 현실에 있지 않은 듯한 몽롱한 기분에 사로잡혔다. 땅 위에서만 보낸 긴 하루, 덤불 우거진 골짜기, 무시무시한 이야기, 갑자기 나타난 여우, 빅윅의 엉뚱한 행동, 이 모든 일들을 잇달아 겪은 충격으로 멍해져 버린 것이다.

파이버가 속삭였다.

"여기서 나가자, 헤이즐. 모두 산 상태가 되기 전에."

그러자 헤이즐은 얼른 돌아서서 쾌활하게 말했다.

"여우는 없어. 여우가 갔으니 우리도 나가자. 제발 붙어서 좀 다녀. 어두운 데서 길을 잃으면 다시는 못 만날 수도 있어. 그리고 다들 명심할 게 있어. 낯선 토끼를 만나면 무조건 때려 눕히고 나서 물어볼 거 있으면 나중에 물어봐!"

토끼들은 골짜기 남쪽 끝에 있는 숲 언저리를 지나 삼삼오오 짝을 지어 그 너머에 있는 도로를 건너갔다. 차츰 사기가 되살아났다. 길을 건너니 탁 트인 농지가 나타났다. 해 지는 쪽으로 그리 멀지 않은 곳에서 농장 냄새가 나고 소리가 들려 왔다. 그곳은 지나기가 쉬웠다. 넓고 평탄한 목초지가 완만하게 내리받이를 이루는 데다 폭이 샛길만큼 넓고, 나직한 둔덕들이 목초지를 나누고 있고, 둔덕마다 딱총나무, 층층나무, 화살나무 따위가 우거져 있었다. 그곳은 정말이지 토끼의 나라였다. 길쭉한 숲과 갈퀴덩굴이 뒤엉킨 골짜기를 지나온 뒤라 더욱 푸근하게 느껴졌다. 끊임없이 멈춰 서서 귀를 쫑긋 세우고 냄새를 맡고, 숨을 곳에서 숨을 곳으로 잽싸게 뛰기를 되풀이하며 한참 나아간 뒤, 헤이즐이 일행에게 이쯤에서 쉬어도 되겠다고 했다. 헤이즐은 스피드웰과 호크빗을 보초로 세우자마자 빅윅을 한쪽으로 데려갔다.

헤이즐이 말했다.

"나 너한테 화났어. 넌 우리한테 없어서는 안 될 토끼인데도 그렇게 어이없이 위험한 일에 몸을 던졌다구. 어리석게도 쓸데없는 일에 뛰어들었어. 대체 왜 그런 거야?"

빅윅이 대답했다.

"잠깐 정신이 나갔나 봐, 헤이즐. 온종일 에프라파에서 맡은 임무를 생각하다 보니 목이라도 졸리는 기분이었어. 신경이 바짝 곤두서 있었지. 난 그런 기분이 들 때면 어떻게든 해야 돼. 싸우거나 위험한 일에 뛰어들어야 직성이 풀린다구. 그 여우를 바보로 만들어 버릴 수만 있다면 에프라파 일에도 자신이 생길 것 같았어. 확실히 효과는 있었어. 한결 기분이 좋아졌거든."

헤이즐이 말했다.

"엘−어라이라 흉내를 냈단 말이지. 멍청한 놈, 하마터면 목숨을 헛되이 버릴 수도 있었어. 우린 네가 죽은 줄 알았단 말야. 다신 그러지 마. 모든 일이 네 어깨에 달려 있다는 거 너도 알잖아. 근데 아까 숲 속에서 어떻게 된 거야? 다치지도 않았는데 왜 그렇게 비명을 질렀어?"

빅윅이 말했다.

"내가 그런 게 아니야. 정말 기분 나쁘고 께름칙한 일이었어. 난 홈바를 숲으로 유인했다가 따돌리고 올 생각이었거든. 덤불숲으로 들어가자 절뚝거리는 걸 그만두고 전속력으로 달리고 있는데 웬 토끼 떼가 불쑥 나타나지 뭐야. 처음 보는 놈들이었어. 골짜기로 나가는 길이었는지 내 쪽으로 오고 있었어. 물론 제대로 살펴볼 겨를이 없었지만 다들 덩치가 큰 것 같았어. 놈들 쪽으로 달려가면서 '조심해. 도망가!' 하고 소리쳤지만 놈들은 나를 잡을 생각만 하는 거야. 한 놈이 '거기서!'였나 뭐였나 그렇게 소리치면서 앞을 가로막았어. 그래서 별수 없이 놈을 쓰러뜨리고 계속 달렸는데 곧바로 그 끔찍한 비명 소리가 들리는 거야. 물론 나는 죽어라고 뛰어서 이리로 왔지."

"그럼 그 토끼가 홈바한테 당한 거야?"

"그랬겠지. 일부러 그런 건 아니지만 내가 홈바를 데려다 준 셈이지. 실제로 어떻게 됐는지는 나도 못 봤어."

"다른 토끼들은 어떻게 됐어?"

"몰라. 도망갔겠지."

헤이즐은 생각에 잠겨서 말했다.

"그랬군. 어쩌면 잘된 일인지도 몰라. 그래도 때가 올 때까지 다시는 그런 엉뚱한 장난 하지 마. 너무 위험하단 말야. 앞으로는 실버랑 내 곁에 있어. 우리가 힘이 돼 줄게."

때마침 실버가 다가왔다.

"헤이즐, 방금 안 건데 여긴 에프라파에서 너무 가까워. 한시라도 빨리 딴 곳으로 가야 돼."

헤이즐이 말했다.

"에프라파를 빙 둘러서 가고 싶어. 멀찍이 거리를 두고 말야. 홀리가 말한 그 철길까지 찾아갈 수 있겠어?"

실버가 대답했다.

"응. 하지만 너무 멀리 돌아가면 다들 지쳐서 나가떨어질 거야. 확실한 길은 모르지만 어느 쪽인지는 알아."

헤이즐이 말했다.

"그래, 어쨌든 가 보는 수밖에. 아침 일찍 철길에 도착하면 철길을 건너가서 푹 쉬자."

그날 밤 토끼들은 더 이상 위험한 일을 겪지 않고 어슴푸레한 상현달이 비치는 가운데 들판 언저리를 소리 없이 지나갔다. 어스레한 어둠은 온갖 소리와 움직임으로 가득 차 있었다. 한번은 에이콘 때문에 깨어난 물떼새가 토끼들이 둔덕을 다 지나갈 때까지 따라다니며 날카롭게 울어 댔다. 곧이어 근처에서 쏙독새 울음소리가 끝없이 들려왔다. 위협적이지 않고 평화로운 그 소리는 토끼들이 나아감에 따라 차츰 멀어졌다. 길섶의 키 큰 풀들 사이를 돌아다니는 뜸부기 울음소리도 들려왔다(뜸부기 울음소리는 손톱으로 머리빗을 긁어내리는 소리 같다). 엘릴은 한 번도 만나지 않았다. 혹시 에프라파 정찰대가 나타날까 봐 줄곧 조심했지만 도랑에서 민달팽이를 찾는 고슴도치 몇 마리와 들쥐를 만났을 뿐이었다.

마침내 종달새가 희뿌연 하늘로 날아오를 때, 이슬에 젖어 잿빛 털이 더 짙어진 실버가 헤이즐 쪽으로 절룩거리듯이 돌아왔다. 그때 헤이즐은 핍킨과 블루벨을 달래고 있었다.

"기운 내, 블루벨! 철길에 다 왔어."

블루벨이 말했다.

"기운이 문제가 아니라 발이 너무 아파서 그래. 민달팽이는 좋겠다, 발이 없어서. 나도 민달팽이나 될까 봐."

헤이즐이 말했다.

"좋아, 그럼 난 고슴도치다. 그러니까 빨리 가는 게 좋을걸!"

블루벨이 말을 받았다.

"넌 아냐. 벼룩이 별로 없잖아. 하지만 민달팽이도 벼룩은 없어. 아, 민달팽이는 얼마나 좋을까. 민들레 틈에서 팔자 좋게······."

헤이즐이 받아넘겼다.

"지빠귀가 와서 콕 쪼아도? 알았어, 실버. 지금 갈게. 그런데 철길은 도대체 어디 있는 거야? 홀리 말로는 덤불이 우거진 가파른 둔덕에 있다던데 그런 건 보이지도 않잖아."

"아니, 그건 에프라파 쪽이구 이쪽으로 가면 골짜기 같은 데 가 나와. 냄새 안 나?"

헤이즐은 냄새를 맡았다. 차고 축축한 공기 속에서 쇠붙이와 석탄 연기, 기름 등 자연의 것이 아닌 냄새가 났다. 조금 가니까 곧 덤불과 잡초 사이로 철둑 가장자리가 내려다보였다. 사방은 조용했다. 토끼들이 둔덕 꼭대기에 멈춰 서 있는 동안 참새 예닐곱 마리가 뒤엉켜 싸우면서 철길로 내려와 침목들 사이를 콕콕 쪼아 대며 돌아다녔다. 어쨌거나 그 광경을 보니 안심이 되었다.

블랙베리가 물었다.

"건너갈 거야?"

헤이즐이 말했다.

"응, 지금 당장. 에프라파와 우리 사이에 철길이 있어야 돼. 건너고 나서 풀을 뜯자."

토끼들은 어스름 속에서 천둥을 울리고 불을 뿜는 프리스 님의 천사가 나타날까 봐 머뭇머뭇하며 철길로 내려갔다. 하지만 새벽은 고요하기만 했다. 이내 토끼들은 철길 건너편 목초지에서 풀을 뜯었다. 다들 지친 나머지 어딘가에 숨을 생각도 못하고 그저 다리를 쉬면서 풀을 뜯기만 했다.

낙엽송 위에서 키하르가 토끼들 사이로 날아 내려와 길쭉한 연회색 날개를 접었다.

"에이즐 씨, 뭐 해? 여기 있으면 안 되는데?"

"다들 지쳐서 말야. 좀 쉬어야 해."

"여기 쉬면 안 돼. 토끼들 와."

"그래, 하지만 아직은 안 돼. 우린 도저히……."

"아냐, 아냐. 토끼, 너희들 찾아와! 바로 저기!"

헤이즐이 목소리를 높였다.

"어휴, 빌어먹을 정찰대! 이봐, 다들 어서 일어나! 빨리! 숲으로 들어가! 그래, 스피드웰 너도. 에프라파 놈들한테 귀를 물어뜯기기 싫으면 후딱 움직여!"

토끼들은 비칠비칠 풀밭을 지나 숲으로 들어가자마자 전나무 아래 풀도 없는 맨땅에 쭉 뻗어 버렸다. 헤이즐과 파이버는 다시 키하르와 상의했다.

헤이즐이 말했다.

"더 가자고는 못하겠어. 밤새도록 걸었거든. 오늘은 여기서 잘 수밖에 없어. 진짜로 정찰대 봤어?"

"응, 응. 철길 저쪽에서 와. 너희들 가자마자 왔어."

"그래, 그럼 우린 네 덕분에 살았구나. 근데 키하르, 놈들이 어디쯤 있는지 좀 알아봐 줄래? 놈들이 갔으면 이 친구들을 재우려고. 말 안 해도 알 거야. 쟤들 좀 봐!"

키하르는 돌아와서 에프라파 정찰대가 철길을 건너지 않고 돌아갔다고 전했다. 키하르가 저녁까지 망을 봐 주겠다고 하자 헤이즐은 비로소 마음을 푹 놓고 당장 토끼들에게 자라고 했다. 한둘은 벌써 숨을 곳도 없는 트인 땅에 모로 누워 자고 있었다. 헤이즐은 그들을 깨워 좀 더 안전한 곳에서 자라고 할까 생각하다가 자기도 모르게 잠이 들고 말았다.

낮은 덥고 고요했다. 숲에서는 산비둘기가 나른하게 구구거리고 이따금 철 지난 뻐꾸기 소리가 들려왔다. 그늘에 모인 소 떼가 꼬리를 휘휘 젓고 있을 뿐 들판에서 움직이는 건 아무것도 없었다.

33 거대한 강

그는 난생 처음으로 강을 보았다.
이 반지르르하게 굽이치는 풍성한 생물을 ……
모든 것이 출렁이고 살랑거렸다. 반짝반짝, 번쩍번쩍,
깜빡깜빡, 찰랑찰랑, 뱅글뱅글, 졸졸, 보글보글.

케네스 그레이엄, 〈버드나무에 부는 바람〉

헤이즐은 잠에서 깨자 벌떡 일어났다. 동물들이 사냥하는 날카로운 울음소리가 공기 속에 가득 울려 퍼지고 있었기 때문이다. 재빨리 주위를 둘러보았으나 위험한 기미는 전혀 없었다. 저녁이었다. 벌써 토끼들 서넛이 일어나 숲 언저리에서 풀을 뜯고 있었다. 울음소리에 놀라긴 했지만 생각해 보니 엘릴치고는 너무 작고 새된 소리였다. 그 소리는 머리 위쪽에서 들려왔다. 박쥐가 잔가지 하나 건드리지 않고 나무들 사이를 날아갔다. 그 뒤로 또 한 마리가 날아갔다. 헤이즐은 사방에서 수

59

많은 박쥐들이 작은 소리로 울며 날벌레와 나방을 잡으러 다니고 있음을 느낄 수 있었다. 인간에게는 박쥐 울음소리가 거의 들리지 않지만 토끼에게는 주위가 온통 그 소리로 가득 차 있는 것처럼 들린다. 숲 바깥의 벌판은 아직 저녁 햇살을 받아 환했지만 전나무 숲은 어두침침해서 이리저리 날아다니는 박쥐들로 바글거렸다. 전나무의 송진 냄새와 함께 톡 쏘는 듯한 짙은 향기가 풍겼다. 헤이즐이 모르는 꽃향기였다. 헤이즐은 숲가까지 그 냄새를 따라갔다. 목초지 언저리에 무성한 사포나리아 밭이 몇 군데 있는데 거기서 향기가 풍겨 오고 있었다. 뾰족한 분홍색 꽃봉오리가 연두색 꽃받침에 감싸여 있는 것도 있었지만 대개는 별 모양의 꽃을 활짝 피워 진한 향기를 내뿜고 있었다. 박쥐들은 사포나리아 향기에 끌려 모여든 날벌레와 나방 들을 잡고 있었다.

헤이즐은 흐라카를 누고 나서 들판에서 풀을 뜯었다. 농장 습격 때 다친 뒷다리가 다시금 쑤셔 와서 불안했다. 다 나은 줄 알았는데 무리하게 구릉 지대를 지나온 탓에 산탄에 다친 근육이 견디지 못한 것이다. 헤이즐은 키하르가 말한 강이 여기서 얼마나 멀까 생각해 보았다. 멀다면 힘들어질 게 뻔했다.

"헤이즐-라."

핍킨이 사포나리아 밭에서 나오며 말했다.

"괜찮아? 다리가 이상해. 질질 끌고 다니잖아."

헤이즐이 말했다.

"아, 괜찮아. 키하르는 어디 있지? 할 얘기가 있는데."

"정찰대가 오는지 살펴보러 갔어. 빅윅이 조금 전에 일어나서 실버랑 같이 키하르한테 부탁했거든. 네가 자고 있어서 깨우고 싶지 않다고 하더라구."

헤이즐은 속이 탔다. 키하르가 정찰대를 찾으러 갔다 오기를 기다리는 것보다는 당장 어느 쪽으로든 가는 게 더 나을 것 같았다. 강을 건너기로 했지만 지금 당장 건너기는 힘들 것 같았다. 헤이즐은 초조하게 키하르를 기다렸다. 얼마 안 가서 난생 처음이라고 할 만큼 긴장되고 신경이 날카로워졌다. 점점 자신이 경솔했는지도 모른다는 생각이 들었다. 홀리 말대로 에프라파에 접근하는 일은 몹시 위험했다. 빅윅이 우연히 마주쳤던 토끼들은 헤이즐 일행을 추적하던 대정찰대가 틀림없었다. 새벽에도 운이 따라 주고 키하르가 도와준 덕분에 정찰대를 아슬아슬하게 피해 철길을 건넜다. 어쩌면 실버의 걱정대로 정찰대가 벌써 자신들을 발견하고 에프라파에 보고했는지도 모른다. 운드워트 장군에게도 키하르 같은 새가 있는 게 아닐까? 혹시 지금 이 순간 박쥐가 장군에게 보고하고 있는 건 아닐까? 혹시 미리 앞을 내다보고 철저히 대비하고 있지 않을까? 갑자기 풀 맛이 시큼해지고 햇볕마저 싸늘하게 느껴졌다. 헤이즐은 전나무 아래 웅크리고 앉아 걱정에 싸여 침울해 있었다. 이젠 빅윅한테 화나던 것도 누그러졌다. 빅윅의 심정을 알 것 같았다. 기다림은 너무 괴로웠다. 무슨 일이라도 하지 않고

서는 못 견딜 것 같았다. 헤이즐이 더 이상 못 참고 토끼들을 모아 떠나야겠다고 마음먹은 순간 키하르가 철길 쪽에서 날아왔다. 키하르가 요란하게 푸드덕거리며 나무들 사이로 내려오자 박쥐들이 잠잠해졌다.

"에이즐 씨, 토끼 없어. 저 토끼들, 철길 건너는 거 싫어하나 봐."

"잘됐다. 강이 여기서 멀어?"

"아니, 아니. 가까워, 숲에서."

"좋았어. 낮이니까 강 건널 데를 찾을 수 있겠지?"

"응, 응. 다리 가르쳐 줄게."

숲으로 들어간 지 얼마 안 돼 강이 가까이 있다는 게 느껴졌다. 땅이 부드럽고 축축해졌다. 사초 냄새와 물비린내도 풍겼다. 갑자기 째지는 듯한 쇠물닭 울음소리가 울려 퍼지고, 날개 퍼덕이는 소리와 물속에서 후닥닥 달아나는 소리가 들려왔다. 나뭇잎 서걱이는 소리도 멀리 있는 단단한 땅에 부딪쳤다 되돌아오는 것처럼 메아리쳤다. 조금 더 가니까 물소리가 또렷이 들렸다. 작은 폭포에서 물이 떨어지는 듯한 소리가 나직이 들려왔다. 인간은 멀리서 발소리만 듣고도 대강 몇 명이 오는지 짐작할 수 있다. 토끼들 역시 물소리만 듣고도 그 강이 지금까지 본 어떤 강보다도 크고 넓고 물살이 빠르다는 사실을 알아차렸다. 토끼들은 나래지치와 가웃 위드 덤불에 멈춰 서서 불안하게 서로를 바라보았다. 그러고는 주춤주춤 좀 더 트인 곳으로 나아갔다. 강은 아직 보이지 않았지만 공기 중에는 강에서 반사된 빛이 아른아른 춤을 추고 있었다. 곧이어 파이버와 함께 절름거리며 앞장서 가던 헤이즐은 풀이 자란 좁은 샛길을 만났다. 그 샛길을 지나면 바로 강둑이었다.

샛길은 낚시꾼들을 위해서 잔디밭 못지않게 고르게 다듬어져 있고 덤불이나 잡초도 없었다. 길 건너편에는 강가에 흔한 보랏빛 부처꽃, 커다란 분홍바늘꽃, 개망초, 현삼, 산짚신나물 따위가 무성하게 자라나 산울타리처럼 길과 강을 나누어 주었다. 여기저기 꽃도 피어 있었다. 토끼 두세 마리가 더 숲에서 나왔다. 풀숲 사이로 내다보니 강이 반짝이며 잔잔히 흐르고 있었는데, 엔본 강보다 훨씬 크고 물살도 빨라 보였다. 적이 있거나 위험이 도사리고 있는 것 같지는 않았지만, 토끼들은 마음이 조마조마하고 왠지 미심쩍었다. 경외감을 불러일으키는 곳에 갔을 때 자신이 보잘것없는 존재로 느껴지는 그런 기분이었다. 700년 전 마르코 폴로가 중국에 처음 갔을 때도 그러했을 것이다. 마르코 폴로 역시 이 거대하고 훌륭한 제국의 수도가 아주 오래 전부터 존재하고 있었는데도 자신은 전혀 모르고 있었다는 사실을 깨닫고 기가 죽지 않았을까? 그곳은 마르코 폴로 자신도, 베네치아도, 유럽도, 그 어떤 것도 필요 없이 그 자체로 완전했다. 그곳은 이해할 수도 없는 경이로움으로 가득 찬 곳, 마르코 폴로가 오고 가는 것쯤은 아무런 의미도 없는 곳이었다. 그가 쓴 책을 보면 이런 기분이 잘 나타나 있으며,

외국을 여행하다가 뜻밖의 장소를 만난 많은 여행자들도 이와 같은 기분을 느낀다. 놀라운 곳에 가서 휘둥그레진 눈으로 두리번거리는 자신에게 누구 하나 눈길도 주지 않을 때만큼 자신의 하찮음이 뼈저리게 느껴지는 경우도 없다.

토끼들은 불안하고 혼란스러웠다. 모두 풀밭에 웅크리고 앉아 서늘한 저녁 공기에 묻어오는 물 냄새를 맡고 있었다. 다들 자신은 불안해하면서도 친구들은 불안해하지 않길 바라며 서로 바짝 붙어 있었다. 핍킨이 샛길로 나왔을 때, 초록색과 검정색 광택을 띤 10센티미터짜리 잠자리가 어깨 옆으로 날아와 붕붕 날갯짓하며 잠시 그 자리에 떠 있다가 번개처럼 사초들 속으로 사라졌다. 핍킨은 깜짝 놀라 펄쩍 물러났다. 바로 그때 떨리는 듯한 높고 날카로운 울음소리가 나더니 우거진 풀 사이로 눈부신 하늘빛 새가 물 위를 휙 스쳐 지나가는 모습이 보였다. 곧이어 풀 울타리 바로 뒤에서 꽤 묵직한 것이 풍덩 빠지는 소리가 났다. 어떤 동물이 그런 소리를 냈는지는 알 수 없었다.

핍킨은 헤이즐을 찾아 주위를 두리번거리다가 조금 떨어진 분홍바늘꽃 무더기 사이의 얕은 물에 키하르가 서 있는 것을 보았다. 키하르는 진흙 속에서 뭔가를 노리고 쿡쿡 쪼아 대더니 곧 15센티미터 남짓한 거머리를 잡아 올려 통째로 삼켰다. 키하르 뒤쪽 조금 떨어진 샛길에서 헤이즐이 만병초 아래 앉아 털에 묻은 갈퀴덩굴을 떼어 내며 파이버의 이야기를 듣고 있었다. 핍킨은 강둑을 뛰어서 그들 곁으로 갔다.

파이버가 이렇게 말하고 있었다.

"여긴 괜찮아. 다른 곳보다 안전하면 안전했지 위험하진 않아. 키하르가 강 건너는 데를 가르쳐 준댔잖아. 날이 어두워지기 전에 그리로 가기만 하면 돼."

헤이즐이 대답했다.

"다들 여기 있기 싫어할 거야. 이런 데서 빅윅을 기다릴 순 없어. 토끼한테는 맞지 않는 일이라구."

"아냐, 할 수 있어. 진정해. 다들 네가 생각하는 것보다 빨리 익숙해질 거야. 분명히 말하는데 우리가 지금까지 머무른 곳들보다 안전해. 낯설다고 해서 꼭 위험한 건 아니야. 내가 데려올까? 넌 다리가 아프다고 하지, 뭐."

헤이즐이 말했다.

"좋아. 이봐, 흘라오-루, 모두 이리로 데려와 줄래?"

핍킨이 가고 나자 헤이즐이 말했다.

"파이버, 나는 걱정스러워. 모두에게 너무 힘든 것을 요구하는 데다 이 계획은 너무 위험해."

파이버가 말했다.

"다들 네가 생각하는 것보다 훨씬 강한 친구들이야. 만일 네가……."

그때 키하르가 저쪽에서 꽥꽥거리는 바람에 풀숲에 있던 굴뚝새가 놀라서 날아올랐다.

"에이즐 씨, 왜 안 가?"

파이버가 대답했다.

"어디로 가야 할지 알아야지."

"다리, 가까워. 어서 가. 보여."

지금 있는 곳에서 보면 길 바로 뒤에는 덤불숲만 있지만, 그 너머에는 하류 쪽으로 초원 지대가 펼쳐져 있다는 사실을 토끼들은 본능적으로 알고 있었다. 헤이즐은 파이버를 따라 초원 지대로 나가 보았다.

사실 헤이즐은 다리가 뭔지도 몰랐다. 그것 역시 키하르가 쓰는 말로, 헤이즐은 모르는 말이지만 굳이 묻지 않았다. 키하르를 믿고 폭넓은 경험을 존중하지만 막상 탁 트인 곳으로 나오니 더욱 불안해졌다. 이곳은 분명 사람이 만든 장소로, 사람이 자주 나타나는 위험한 곳이었다. 조금 앞쪽에 도로가 있었다. 자연의 것이 아닌 평탄한 길이 풀밭으로 쭉 뻗어 있었다. 헤이즐은 멈춰 서서 도로를 살펴보았다. 근처에 사람이 없는 것을 확인하고 나서야 조심스럽게 길섶으로 다가갔다.

도로는 10미터쯤 되는 다리로 이어져 있었다. 헤이즐은 다리를 보고도 딱히 이상하게 느끼지 않았다. 다리라는 개념을 전혀 이해하지 못했기 때문이었다. 헤이즐이 보기엔 그저 양쪽에 튼튼한 목책과 난간이 붙어 있는 길에 지나지 않았다. 평생을 아프리카 오지에서만 살아온 순박한 원주민들은 비행기를 보고도 별로 놀라지 않을 것이다. 비행기는 그들의 이해 범위를 넘어선 것이기 때문이다. 하지만 말이 마차를 끄는 것을 보면 그것을 생각해 낸 사람의 창의력에 감탄하면서 웃으며 바라볼 것이다. 헤이즐이 우려하는 것은 다만 다리로 지나가는 길가에 짧은 풀만 있을 뿐 숨을 곳이 없다는 점이었다.

헤이즐이 물었다.

"강을 건너도 괜찮을까?"

파이버가 대답했다.

"네가 왜 걱정하는지 모르겠어. 넌 농장에 가서 상자 토끼들이 있는 헛간까지 들어갔잖아. 이건 그보다 훨씬 덜 위험해. 자, 가자. 우리가 머뭇거리는 걸 다들 보고 있어."

파이버는 폴짝폴짝 뛰어 길로 나갔다. 그러고는 주위를 한 번 둘러보고 나서 다리로 다가갔다. 헤이즐은 줄곧 상류 쪽 난간에 바싹 붙어 길가로 따라갔다. 둘러보니 핍킨이 바로 뒤에 있었다. 파이버는 너무도 태연히 느긋하게 다리 한복판까지 가서는 곧추앉았다. 헤이즐과 핍킨도 파이버 곁으로 갔다.

파이버가 말했다.

"뭔가 하는 척하자. 다른 녀석들을 궁금하게 만드는 거야. 그럼 우리가 뭘 보는지 궁금해서라도 따라올 거야."

다리의 난간은 막혀 있지 않아서 잘못하면 1미터 아래의 물로 떨어져 버릴 수도 있었다. 셋이서 난간 밑으로 강 상류 쪽을 내려다보니 처음으로 강 전체가 한눈에 들어왔다. 다리를 보았을 때는 아무렇지 않았지만 강을 본 헤이즐은 깜짝 놀라고 말았다. 엔본 강엔 자갈 모래톱이나 무성한 수초가 있었다. 하지만 이 테스트 강은 송어가 올라가는 길목이라 수초를 깨끗이 베어 내고 꼼꼼히 관리되어 있어 마치 물의 세상과도 같았다. 폭이 10미터는 족히 되었고, 물살이 빠르고, 저녁 햇살을 받아 반지르르한 수면이 눈부시게 반짝이고 있었다. 잔잔한 수면에 비친 나무 그림자는 마치 호수처럼 흔들림이 없었다. 갈대나 수초 한 줄기 보이지 않았다. 바로 근처 왼쪽 강둑 아래에는 하류 쪽으로 미나리아재비 밭이 있었는데, 톱니바퀴 모양의 잎이 모두 물에 잠겨 있었다. 강바닥에는 초록빛이 짙어 거무스름할 정도인 물이끼가 빽빽이 자라고 있고 긴 엽상체들만 이리저리 물결치듯 흔들리고 있었다. 조금 더 넓은 면적을 차지한 연녹색 갓들도 물살에 따라 가볍고 빠르게 물결치고 있었다. 물이 무척 맑고, 바닥에는 노르스름한 깨끗한 자갈이 깔려 있었으며, 강 한복판도 깊이가 120센티미터를 넘지 않았다. 강물을 가만히 들여다보니 여기저기서 연기처럼 보이는 아주 미세한 침식 작용이 일어나고 있었다. 바람에 먼지가 날리듯 백토와 자갈 가루가 물살에 떠내려가는 것이었다. 갑자기 다리 밑에서 길이가 토끼만 한 큼직한 자갈빛 물고기가 넓적한 꼬리를 천천히 흔들며 나타났다. 다리 바로 위에 있던 토끼들에게는 물고기의 짙고 선명한 반점까지 똑똑히 보였다. 물고기는 꼬리를 좌우로 흔들며 신중하게 그 자리에 머물러 있었다. 그 모습을 보니 헤이즐은 농장의 고양이가 떠올랐다.

물고기는 유연한 몸놀림으로 순식간에 수면 바로 아래까지 솟구쳤다. 다음 순간 뭉툭한 주둥이를 물 위로 내밀더니 속이 새하얀 아가리를 쩍 벌렸다. 물고기는 수면에 떠다니던 날벌레들을 리듬을 타듯 유유히 빨아들이고는 도로 물속으로 가라앉았다. 잔물결이 동그라미를 그리며 퍼져 나가자 나무 그림자가 부서지면서 강물 속도 보이지 않게 되었다. 수면이 차츰 잔잔해지면서 물고기가 물살에 떠내려가지 않게 버티느라 꼬리를 흔드는 모습이 보였다.

파이버가 말했다.

"물에 사는 매로구나! 물속에서 먹이를 사냥해 잡아먹으니까! 물에 빠지면 안 돼, 흘라오-루. 엘-어라이라와 민물꼬치고기 이야기 생각나."

핍킨이 눈을 동그랗게 뜨고 물었다.

"날 잡아먹을까?"

헤이즐이 말했다.

"그런 게 있을지도 모르지. 어떻게 알겠어? 자, 건너가자. 흐루두두라도 오면 어쩔래?"

파이버는 아무렇지 않게 대답했다.

"도망치지, 이렇게."

그러고는 다리 저쪽 끝까지 후닥닥 뛰어가 그 너머 풀밭으로 들어갔다.

다리를 건너자마자 커다란 마로니에 숲과 덤불숲이 나타났다. 땅은 축축했지만 숨을 곳은 많았다. 파이버와 핍킨은 당장 얕은 굴을 파기 시작했다. 그사이 헤이즐은 펠릿을 씹으며 아픈 다리를 쉬었다. 실버와 댄더라이언은 금방 왔지만, 다른 토끼들은 헤이즐보다 더 망설이면서 강가 긴 풀숲 속에 웅크리고 있었다. 결국 어둠이 내리기 직전에 파이버가 다시 다리를 건너가 따라오라고 살살 구슬렸다. 놀랍게도 빅윅은 강을 건너지 않겠다고 마지막까지 버티다가, 나중에 에프라파를 정찰하고 돌아온 키하르가 여우를 몰고 와야겠냐고 다그치자 그제야 강을 건넜다.

그날 밤은 모두 혼란스럽고 불안했다. 헤이즐은 인간이 사는 지역에 와 있다는 사실 때문에 개나 고양이가 나타날지 모른다고 걱정했다. 하지만 올빼미 울음소리만 몇 번 들려왔을 뿐 엘릴의 공격은 없었다. 덕분에 날이 밝을 무렵에는 모두가 기운을 차렸다.

풀을 뜯고 나자 곧바로 헤이즐은 토끼들더러 주변을 살펴보고 오게 했다. 강가의 땅은 습기가 많아서 토끼가 살기에 적당하지 않다는 사실이 분명해졌다. 실제로 늪이라고 할 만한 곳도 몇 군데 있었다. 그런 곳에는 늪지 사초와 달콤한 향기가 나는 분홍빛 쥐오줌풀과 가지를 축축 늘어뜨린 물뱀무도 자라고 있었다. 실버가 강둑에서 조금 떨어진 숲 지대는 습기가 덜하다고 알리자 헤이즐은 새로운 곳을 골라 굴을 다시 팔까 생각했다. 그러나 곧 날이 무더워지는 바람에 아무것도 할 수가 없었다. 약하게 불던 산들바람마저 사라졌다. 태양은 후텁지근한 숲에서 습기를 빨아올렸다. 워터민트 냄새가 뿌연 공기 속에 진동했다. 토끼들은 숨을 만한 그늘이 있으면 어디든 기어 들어갔다. 그러고는 니–프리스가 되려면 아직 멀었는데도 모두 꾸벅꾸벅 졸았다.

이윽고 햇빛이 어른거리는 오후가 되어 선선해질 무렵, 헤이즐이 퍼뜩 깨어나 보니 키하르가 옆에 있었다. 갈매기는 조바심이 나는 듯 빠른 걸음으로 긴 풀 사이를 왔다 갔다 하면서 콕콕 쪼아 댔다. 헤이즐은 얼른 일어나 앉았다.

"무슨 일이야, 키하르? 또 정찰대야?"

"아니, 아니. 빌어먹을 올빼미들처럼 자도 괜찮아. 나, 큰 물 갈지 몰라. 에이즐 씨, 이제 엄마 토끼 데리러 가? 지금도 기다려?"

"아냐, 네가 말한 대로야. 이제 시작해야지. 문제는, 어떻게 시작해야 할지는 알겠는데, 어떻게 끝내야 할지를 모르겠어."

헤이즐은 풀숲을 헤치고 가다가 가장 먼저 눈에 띈 블루벨을 깨워 빅윅과 블랙베리와 파이버를 불러오게 했다. 모두 모이자 헤이즐은 강둑에 있는 키하르에게 데려갔다.

헤이즐이 말했다.

"블랙베리, 문제는 이거야. 지난번 내가 다쳐서 언덕 기슭에 있었을 때 세 가지 일을 해야 한다고 말했던 거 기억나지? 에프라파에서 암토끼를 데리고 나오는 것, 추적을 뿌리치는 것,

71

적들이 우리를 찾지 못하게 멀리 도망치는 것. 네 작전은 훌륭해. 앞의 두 가지는 분명히 문제가 없어. 하지만 마지막 조건은 어쩌지? 에프라파 토끼들은 발이 빠르고 사나워. 이쪽이 눈에 띄는 행동을 하면 반드시 찾아낼 텐데, 우리가 그놈들보다 빨리 도망치진 못할 거야. 더욱이 에프라파에서 한 발짝도 나가 본 적 없는 암토끼들까지 데리고 가야 하잖아. 그렇다고 놈들과 끝까지 맞서 싸울 수는 없어. 수가 너무 적으니까. 게다가 난 다리 상처가 도진 것 같아. 그러니 어떻게 하면 좋을까?"

블랙베리가 말했다.

"나도 모르겠어. 우리가 감쪽같이 사라져야 한다는 것만은 분명해. 이 강을 헤엄쳐 건널 수 없을까? 그럼 냄새도 안 남을 텐데."

헤이즐이 말했다.

"물살이 너무 세. 떠내려가고 말걸. 설령 헤엄쳐 건넌다 해도 그것만으로 추적을 따돌릴 수 있다고 생각하면 안 돼. 지금까지 들은 이야기로 보건대, 에프라파 토끼들은 우리가 헤엄쳐서 강을 건넌 줄 알면 당장 헤엄쳐서 쫓아오고도 남을걸. 암토끼들이 달아나는 사이에 키하르의 도움을 받아 추적을 따돌릴 순 있어. 하지만 우리가 간 쪽을 알면 순순히 단념하지 않을 거야. 그래, 네 말대로 그들이 찾지 못하게 감쪽같이 사라져야 돼. 하지만 어떻게?"

블랙베리가 말했다.

"모르겠어. 강을 거슬러 올라가면서 살펴보면 어떨까? 숨을 만한 곳이 있을지도 몰라. 그런데 그 다리로 괜찮겠어?"

헤이즐이 대답했다.

"너무 멀리 가지만 않으면."

조금 떨어져서 기다리고 있던 블루벨이 물었다.

"헤이즐-라, 나도 가도 돼?"

"그래, 좋아."

헤이즐은 선선히 승낙하고는 절름거리며 상류 쪽으로 올라갔다. 얼마 안 있어 토끼들은 이쪽 강가의 숲 지대가 인적이 드물고 샌들포드보다 개암나무 숲과 종상화 군락이 더 우거져 있음을 알았다. 겁 많기로 이름난 큰딱따구리가 서너 차례 나무를 쪼아 댔다. 블랙베리가 이 우거진 숲에서 숨을 곳을 찾아보는 게 어떻겠냐고 말하는데 또 다른 소리가 들려왔다. 어제 오면서 들었던 물 떨어지는 소리였다. 곧 강이 동쪽으로 굽이진 곳이 나타났고 거기에 낙차가 작은 널찍한 폭포가 있었다. 높이가 30센티미터밖에 안 되었는데, 송어를 끌어들이기 위해 인간이 만든 폭포로, 백토 지대의 강에서 흔히 볼 수 있는 것이다. 벌써 송어 네댓 마리가 저녁나절의 날벌레를 잡으려고 펄떡펄떡 뛰어오르고 있었다. 폭포 바로 위쪽에 널다리가 놓여 있었다. 키하르가 날아올라 폭포 위를 맴돌다가 다리 난간에 내려앉았다.

블랙베리가 말했다.

"이 다리는 어젯밤에 건넌 다리보다 눈에도 잘 안 띄고 사람도 안 다녀. 이걸 이용할 수 있지 않을까? 키하르 너도 이 다리가 있는 줄 몰랐지?"

"응, 응, 못 봤어. 이거 좋은 다리. 아무도 안 와."

블랙베리가 말했다.

"건너가 보고 싶은데, 헤이즐-라."

헤이즐이 말했다.

"그런 건 파이버한테 맡겨. 다리 건너는 걸 아주 좋아하거든. 먼저 가. 난 빅윅이랑 블루벨하고 따라갈게."

다섯 토끼가 천천히 널다리를 건너는 동안 예민한 귀에 물 떨어지는 소리가 울려 퍼졌다. 헤이즐은 혹시 발 밑이 꺼질까 봐 서너 번 멈추어 섰다. 마침내 건너편에 도착해 보니 파이버와 블랙베리는 벌써 폭포 아래쪽으로 내려가 강기슭에 삐쭉 튀어나와 있는 커다란 물체를 들여다보고 있었다. 처음에 헤이즐은 쓰러진 나무인 줄 알았다. 하지만 가까이 가서 보니 나무는 나무인데 둥그렇지 않고 편편했으며 가장자리가 솟아 있었다. 인간이 만든 물건이었다. 헤이즐은 오래 전에 파이버와 함께 농장의 쓰레기 더미를 뒤지다가 이것과 비슷하게 생긴 물건을 본 적이 있는데, 그것 역시 크고 매끄럽고 판판했다. (그것은 사실 낡은 문짝이었다.) 그때는 쓸모가 없어서 그냥 내버려 두었다. 헤이즐은 이번 것도 그냥 내버려 두는 편이 좋겠다고 생각했다.

그 물체의 한쪽 끝은 강기슭에 얹혀 있고 다른 쪽 끝은 강물 속에 살짝 잠겨 있었다. 그 주위로 잔물결이 일고 있었다. 강기슭은 수초가 깨끗이 베어져 있고 튼튼한 판자 벽이 쳐져 있어서 강 한복판 못지않게 물살이 빨랐다. 헤이즐이 다가가 보니 블랙베리가 그 물체에 올라타 있었다. 블랙베리의 발톱이 나무에 닿을 때 희미하게 텅 빈 소리가 나는 걸 보니 그 아래로 물이 흐르는 게 틀림없었다. 정체는 알 수 없지만 그 물체는 강바닥까지 닿아 있지 않았다. 다시 말해 물에 떠 있었다.

헤이즐이 날카롭게 물었다.

"블랙베리, 거기서 뭐 해?"

블랙베리가 대답했다.

"먹을 것을 찾고 있어. 플레이라야. 이 냄새 모르겠어?"

키하르도 그 물체 한복판에 내려앉아 하얀 것을 쪼아 먹었다. 블랙베리가 키하르 옆으로 쪼르르 달려가 푸르스름한 것을 뜯어 먹었다. 잠시 뒤 헤이즐도 용기를 내어 나무 위로 올라갔다. 그러고는 햇볕을 쬐면서 따뜻하게 데워진 니스칠한 나무 표면에 앉은 날벌레를 구경하고, 물에서 올라오는 낯선 강 냄새를 킁킁거렸다.

헤이즐이 물었다.

"이건 뭐지, 키하르? 위험한 거야?"

"아니, 안 위험해. 몰라? 배야. 큰 물에 많이, 많이 있어. 사람이 물에 들어갈 때 써. 해치지 않아."

키하르는 말라비틀어진 빵 부스러기를 계속 쪼아 먹었다. 블랙베리는 양상추 조각을 먹고 나서 곧추앉아 나직한 뱃전 너머로 까만 점이 박힌 송어가 폭포를 거슬러 올라가는 광경을 지켜보고 있었다. 키하르가 말한 '배'는 갈대를 베는 데 쓰이는 작은 뗏배로, 크기가 뗏목만 하고 앉는 자리도 하나밖에 없었다. 지금처럼 사람이 타고 있지 않을 때도 드러난 뱃전의 높이가 10센티미터밖에 되지 않았다.

파이버가 둑에서 소리쳤다.

"너희가 거기 앉아 있는 걸 보니까 예전에 블랙베리가 발견했던 나뭇조각이 생각나. 그때 숲에서 개가 나타났을 때 너네들이 핍킨하고 나를 태워 강을 건넜잖아. 기억나?"

빅윅이 말했다.

"너네 둘을 밀었던 기억이 나. 그땐 정말 추웠지."

블랙베리가 말했다.

"근데 이 배라는 놈은 왜 움직이지 않는 걸까? 강에서는 뭐든지 흘러가잖아. 그것도 아주 빨리. 저것 봐."

블랙베리는 시속 3킬로미터로 흐르는 물살을 타고 떠내려가는 나무 막대기를 가리켰다.

"근데 이건 왜 안 떠내려가고 있지?"

원래 키하르는 뭍의 생물을 업신여겨서 퉁명스럽게 대하는 편인데, 별로 마음에 안 드는 토끼한테는 더 그랬다. 키하르는 블랙베리를 별로 좋아하지 않았다. 솔직하고 직선적인 빅윅이

나 벅손이나 실버 같은 토끼들을 좋아했다. 그래서 키하르는 블랙베리의 물음에 퉁명스럽게 대꾸했다.

"밧줄. 밧줄 끊으면 빨리 가, 멀리멀리."

파이버가 말했다.

"응, 알겠다. 지금 헤이즐이 앉아 있는 쇠붙이에 밧줄이 감겨 있어. 밧줄 끝은 여기 강둑에 매여 있고. 커다란 나뭇잎 줄기 같은 거야. 줄기를 물어뜯으면 이파리가, 그러니까 배가 떨어져 나가는 거야."

헤이즐이 다소 침울하게 말했다.

"아무튼 이제 돌아가자. 우리가 찾는 건 여기 없는 거 같아, 키하르. 너 내일까지 있어 줄 수 있어? 밤이 되기 전에 좀 더 마른땅을 찾아갈 거거든. 강에서 떨어진 더 높은 숲 지대로."

블루벨이 말했다.

"에이, 아까워라! 난 물토끼 될 생각이었는데."

빅윅이 물었다.

"물, 뭐?"

블루벨이 다시 말했다.

"물토끼. 물쥐도 있고 물딱정벌레도 있고, 어젯밤에 핍킨이 물매도 봤다고 했잖아. 그럼 물토끼가 없으란 법도 없지. 물 위를 둥둥 떠다니며……."

블랙베리가 불쑥 외쳤다.

"아아, 언덕 위의 위대한 프리스 님이시여! 위대하게 뛰어

오르는 랍스커틀이여! 그거야! 바로 그거! 블루벨, 넌 물토끼가 되는 거야!"

그러고는 강가를 팔짝팔짝 뛰어다니며 앞발로 파이버를 움켜잡았다.

"모르겠냐, 파이버? 응? 밧줄을 갉아서 끊으면 떠내려가는 거야. 운드워트 장군도 모를걸!"

파이버는 잠시 생각하다가 마침내 입을 열었다.

"그래, 이제 알겠어! 배를 탄다는 거지? 그래, 블랙베리, 넌 정말 똑똑한 친구야. 예전에 강 건널 때 네가 그랬지, 물에 떠가는 마술이 언젠가 다시 요긴하게 쓰일 거라고."

헤이즐이 말했다.

"이봐, 잠깐만. 빅윅이나 나는 단순해. 무슨 말인지 설명 좀 해 줄래?"

그러자 블랙베리와 파이버는 널다리와 폭포 옆에서 검은 각다귀가 귀에 앉는 것도 아랑곳 않고 설명해 주었다.

블랙베리가 설명을 마치고 나서 말했다.

"밧줄을 깨물어 볼래, 헤이즐-라? 너무 굵을지도 모르겠다."

그들은 뗏배로 다시 돌아갔다.

헤이즐이 말했다.

"그렇진 않아. 게다가 단단히 꼭 조여 있어서 훨씬 쉽게 갉을 수 있어. 충분히 갉을 수 있어."

키하르가 말했다.

"그래, 좋아. 잘돼 간다. 하지만 빨리 해, 응? 뭔가 바뀔지도 몰라. 인간 와서, 배 가져간다. 알아, 응?"

헤이즐이 말했다.

"더 기다릴 것도 없어. 자, 빅윅, 당장 출발해. 엘-어라이라가 함께하길. 지금부턴 네가 대장이란 걸 잊지 마. 우리가 어떻게 해야 할지 키하르를 통해 알려 줘. 우린 언제든지 널 도울 준비를 하고 기다릴게."

뒷날 토끼들은 빅윅이 이 명령을 받아들이던 순간을 또렷이 기억했다. 확실히 빅윅은 말과 행동이 따로 노는 토끼가 아니었다. 잠시 머뭇거리는가 싶었지만 곧 헤이즐의 얼굴을 똑바로 바라보았다.

"갑작스럽군. 오늘 밤이 될 줄은 몰랐어. 하긴 차라리 잘됐어. 기다리는 건 딱 질색이거든. 나중에 보자."

빅윅은 헤이즐과 코를 맞대더니 그대로 돌아서 덤불숲으로 뛰어들었다. 몇 분 뒤 빅윅은 키하르의 안내를 받아 강 북쪽의 목초지를 지나 풀이 무성한 철둑길 굴다리를 거쳐 그 너머로 펼쳐진 들판을 뛰어가고 있었다.

34 운드워트 장군

도시의 주요 도로가 한데 모이는 곳에 우뚝 선 오벨리스크처럼,
중심에 서서 전술을 지배하는 것은 긍지 높은 자의 강한 의지이다.

클라우제비츠, 〈전쟁론〉

에프라파에 땅거미가 지고 있었다. 스러져 가는 빛 속에서 운드워트 장군은 마을과 철길 사이에 펼쳐진 대초원 언저리에서 실플레이하는 왼쪽 엉덩이 표적반을 지켜보고 있었다. 토끼들은 거의 다 자기네 표적반 굴 근처에서 풀을 뜯었다. 그 굴들은 들판 언저리에 있는데, 호젓한 승마 전용 도로와 잇닿아 있는 나무들과 덤불숲 사이에 숨어 있었다. 하지만 토끼 네댓 마리는 과감하게 들판으로 나가 기우는 햇살을 받으며 풀을 뜯거나 놀고 있었다. 더 멀리 떨어진 곳에는 아우슬라 보초대가 인간이나 엘릴이 오는지 망을 보면서, 경보가 울렸을 때 토끼들이 재빨리 굴로 도망칠 수 있게 너무 멀리 가지 않도록 감시하고 있었다.

표적반의 두 지휘관 가운데 하나인 처빌 대장은 방금 자기네 보초대를 돌아보고 나서 표적반 전용지 한가운데 있는 암토끼들과 이야기를 나누다가 운드워트 장군이 다가오는 것을 보았다. 처빌 대장은 잘못된 것은 없는지 잽싸게 주위를 살폈다. 모든 것이 정상으로 보이자 그는 애써 태연한 척하며 향기풀을 우물거렸다.

운드워트 장군은 독특한 토끼였다. 운드워트는 3년 전쯤 콜 헨리 근처 한 오두막에 딸린 채소밭 바로 바깥에 있는 토끼굴에서 다섯 형제 가운데 가장 튼튼한 토끼로 태어났다. 운드워트의 아버지는 무사태평하고 생각 없는 토끼로, 바로 코앞에 인간이 살고 있다는 사실 따위는 아랑곳없이 그저 이른 새벽에 채소밭에 들어갈 수 있다는 것만 좋아했다. 결국 그 경솔함 때문에 비싼 대가를 치렀다. 2, 3주 동안 계속 양상추가 못 쓰게 되고 양배추를 갉아먹은 자국이 보이자, 오두막 주인이 새벽에 몰래 기다리고 있다가 감자 밭에서 나오던 토끼를 쏜 것이다. 그날 아침 주인은 토끼굴을 파헤쳐 암토끼와 새끼들까지 죽이려 했다. 운드워트의 어머니는 새끼들을 데리고 꽃양배추 밭을 지나 구릉 지대 쪽으로 달아났다. 하지만 살아남은 새끼는 운드워트 하나뿐이었다. 훤한 대낮에 어미 토끼는 산탄에 맞아 피를 흘리며 산울타리를 따라 도망쳤다. 운드워트도 절름거리며 어미를 따라갔다.

얼마 못 가 족제비가 피 냄새를 맡고 쫓아왔다. 새끼 토끼는 풀밭에 잔뜩 옹송그린 채 어미가 족제비에게 잡아먹히는 장면을 두 눈으로 똑똑히 보고 말았다. 운드워트는 도망도 못 가고 가만히 있었다. 배가 부른 족제비는 새끼 토끼를 내버려 두고 덤불 속으로 사라졌다. 몇 시간 뒤 오버턴에 사는 마음씨 좋은 교사가 들판을 지나가다가 싸늘하게 식은 어미의 시체에 코를 비벼 대며 울고 있는 운드워트를 발견했다. 교사는 새끼 토끼를 집으로 데려와 부엌에 두고 운드워트가 곡식과 야채를 먹을 때까지 젖병으로 우유를 먹여 키웠다. 하지만 운드워트는 무척 사나워져서 영국 시인 쿠퍼의 시에 나오는 산토끼처럼 틈만 나면 물어뜯었다. 운드워트는 한 달 만에 크고 강하고 포악해졌다. 교사가 기르던 고양이가 부엌에서 돌아다니는 운드워트를 보고 달려들었다가 초주검이 되기도 했다. 그러고 나서 일주일 뒤 어느 날 밤 운드워트는 우리 앞쪽 철망을 뜯고 들판으로 달아났다.

운드워트 같은 토끼들은 대개 야생에서 살아 본 경험이 없어서 눈 깜짝할 사이에 엘릴의 밥이 되기 일쑤다. 그러나 운드워트는 달랐다. 운드워트는 며칠을 헤맨 끝에 작은 토끼 마을에 이르자 이빨을 드러내고 으르렁거리며 마구 할퀴어서 자기를 받아들이게끔 했다. 그러고는 곧 족장 토끼와 피오린이라는 경쟁자까지 죽이고 족장 자리에 올랐다. 운드워트가 싸우는 모습은 무시무시했다. 부상에도 아랑곳없이 오로지 죽이기 위해서 싸웠고, 적이 자기 몸무게에 압도당해 진이 빠질 때까지 접근전을 펼쳤다. 운드워트에게 대항할 용기가 없는 토끼들은 얼마 안 가서 이제야말로 진정한 지도자가 나타났다고 여겼다.

운드워트는 여우 말고는 그 어떤 적하고도 싸울 태세를 갖추고 있었다. 어느 날 저녁에는 먹이를 찾아다니던 스코치 테리어 강아지를 공격해서 쫓아 버렸다. 또 족제비과 동물들의 최면에도 걸리지 않기 때문에 언젠가는 담비나 족제비를 죽여 보고 싶다고 생각했다. 운드워트는 자기 힘의 한계를 탐색하고 나자 훨씬 더 막강한 권력을 얻기 위한 준비 작업에 들어갔다. 바로 주위 토끼들의 힘을 기르는 것이었다. 운드워트는 더 큰 왕국이 필요했다. 인간은 무척 위험한 존재였지만 토끼의 꾀와 훈련으로 피할 수 있었다. 운드워트는 자기를 따르는 토끼들을 데리고 작은 마을을 떠나 원대한 목표에 어울리는 곳을 찾아 나섰다. 토끼가 산다는 사실조차 감출 수 있고, 들키더라도 몰살시키기 힘든 곳이어야 했다.

에프라파는 승마길 두 개가 만나는 지점을 중심으로 시작되었는데, 그중 동서로 난 승마길은 터널처럼 생겼으며 길 양쪽에 울창한 나무와 덤불이 있었다. 이주해 온 토끼들은 운드워트의 지시대로 나무뿌리 사이나 덤불숲 속이나 도랑을 따라 굴을 팠다. 마을은 처음부터 번성했다. 운드워트가 지칠 줄 모르고 열성적으로 돌보아 주었기 때문에 토끼들은 그를 두려워하면서도 충성심을 가졌다. 암토끼들이 굴을 파다가 잠이 들면 운드워트가 굴을 파 주었다. 또 운드워트는 700~800미터나 떨어진 곳에서도 인간이 오는 것을 알아차렸다. 들쥐나 까치나 회색 다람쥐와 싸웠으며 한번은 까마귀와 싸우기도 했다. 새끼 토끼가 태어나면 자라는 모습을 지켜보다가 가장 힘센 토끼들을 뽑아 아우슬라로 훈련시켰다. 또 아무도 마을을 떠나지 못하게 했다. 초기에 세 마리가 탈출을 시도했지만, 추적 끝에 잡혀서 도로 끌려왔다.

마을이 커지자 운드워트는 마을을 통제할 조직을 만들어 냈다. 많은 토끼들이 아침저녁으로 풀을 뜯다 보면 인간이나 엘릴 눈에 띄기 쉽다. 그래서 '표적반'이란 걸 만들어 지휘관과 보초가 각 표적반을 맡아 통제하게 했으며, 실플레이 시간을 정기적으로 바꾸어 가장 좋은 시간인 새벽과 해 질 무렵이 모두에게 골고루 돌아갈 수 있도록 했다. 토끼가 사는 흔적도 철저히 감추었다. 아우슬라 계급은 풀 뜯기나 짝짓기, 행동의 자유 면에서 특권이 주어졌다. 아우슬라가 임무를 제대로 수행하지 못하면 강등되고 특권을 박탈당했다. 물론 일반 토끼들은 더 심한 처벌을 받았다.

운드워트는 자기가 모든 일을 관리하기 힘들어지자 장로회를 꾸렸다. 아우슬라 출신이 장로가 되기도 했지만, 나머지는 오로지 충성심이 지극하거나 꾀바른 조언을 내놓을 수 있는가를 기준으로 선정되었다. 늙은 스노드롭은 가는귀를 먹었지만 마을의 안전 대책에 있어서라면 따라갈 자가 없었다. 스노드롭은 질병이나 독가스가 퍼지는 것을 막기 위해 표적반 사이의 굴길이나 속굴에 연결 통로를 만들지 말자고 제안했다. 그렇게 하면 반역 기도가 빠르게 확산되는 것도 막을 수 있었다. 다른 표적반을 방문하려면 지휘관의 허가가 필요했다. 운드워트는 마을이 외부에 드러나고 중앙 집권식 통제가 약해질 것을 우려하여 마을을 더 이상 확장시키지 말라고 명령했는데, 이 또한 스노드롭의 충고 때문이었다. 사실 운드워트는 그 의견을 좀처럼 따르려고 하지 않았다. 이 새로운 정책에 따르자면 지칠 줄 모르는 권력욕을 접을 수밖에 없기 때문이다. 이제 권력욕은 새로운 분출구가 필요했으며, 마을이 더 이상 커지지 못하게 되자 운드워트는 곧 대정찰대를 만들었다.

대정찰은 처음에는 운드워트가 토끼들을 이끌고 인근 밭을 습격하거나 약탈하는 것에서 시작했다. 운드워트는 아우슬라 가운데 네댓 마리를 뽑아 데리고 나가 문젯거리를 찾아다녔다. 처음 나간 날은 운 좋게도 독이 든 옥수수를 먹은 쥐를 잡아먹고 괴로워하는 올빼미를 만나 죽였다. 두 번째 날에는 흘레시 둘을 만나 강제로 마을로 끌고 왔다. 운드워트는 무작정 힘만 휘두르는 토끼가 아니었다. 그는 부하들을 격려하고 경쟁심을 부추길 줄도 알았다. 곧 아우슬라들은 정찰대의 지휘를 맡겠다고 앞 다투어 나섰다. 그러면 운드워트는 어느 쪽으로 가서 흘레시가 있는지 순찰하라거나, 쥐들이 사는 도랑이나 헛간을 찾아보고 나중에 공격해서 쫓아낼 수 있을 만한지 알아보라는 임무를 맡겼다. 하지만 농장이나 채소밭에는 절대로 접근하지 못하게 했다. 한번은 대장 오키스가 이끄는 정찰대가 동쪽으로 3킬로미터 남짓 떨어진 킹스클레어-오버턴 도로 너머 너틀리 숲 변두리에 있는 작은 토끼 마을을 발견했다. 그러자 운드워트는 원정대를 이끌고 가서 마을을 쳐부수고 포로들을 끌고 왔다. 그 포로 가운데 몇몇은 나중에 아우슬라까지 올라갔다.

몇 달이 지나자 대정찰대는 체계적으로 바뀌었다. 여름에서 초가을까지는 보통 한 번에 두세 팀씩 정찰을 나섰다. 에프라파를 중심으로 멀리까지 다른 토끼들은 찾아볼 수 없었다. 어쩌다 우연히 에프라파 근처에 왔다가는 즉시 체포되었다. 대정찰대가 마을 밖으로 돌아다닌다는 사실을 엘릴이 알아차리게 되면서 사상자도 늘어났다. 정찰대 대장은 임무를 마치고 부하들을 전부 또는 몇 마리라도 데리고 돌아오려면 온갖 용기와 수완을 짜내야 했다. 하지만 아우슬라들은 위험한 것을 오히려 자랑스러워했다. 게다가 운드워트는 정찰대가 어떻게 하고 있는지 직접 보러 다녔다. 정찰대 대장이 에프라파에서 1.5킬로미터 넘게 떨어진 곳에서 비를 맞으며 절뚝절뚝 산울타리로 가다 보면, 운드워트가 호밀풀 아래 산토끼처럼 웅크리고 있다가 그 자리에서 당장 지금까지 무엇을 했으며 왜 순찰

구역을 벗어났는지 캐물었다. 정찰대는 영리한 추적자, 재빠른 전령, 호전적인 전사를 키우는 곳이었으며, 심하면 한 달에 사상자가 대여섯 마리나 나왔지만 이것 역시 운드워트 장군이 원하는 바였다. 토끼 수를 억제해야 하는 데다, 빈자리가 생기더라도 아우슬라에 들어오려고 기를 쓰는 젊은 토끼들은 얼마든지 있었다. 운드워트는 자기 명령이라면 토끼들이 앞 다투어 목숨을 거는 것에 흐뭇해하면서 적은 희생으로 이 마을의 평화와 안전을 지키고 있다고 자부했다. 그것은 장로회나 아우슬라도 마찬가지였다.

그러나 그날 저녁 물푸레나무 밑에 있다가 처빌 대장과 이야기하러 나온 운드워트는 몇 가지 문제로 골머리를 썩고 있었다. 첫째는 마을이 커지지 않게 막는 일이 갈수록 힘들어진다는 사실이다. 토끼 수가 너무 많아지면서 문제가 심각해졌다. 암토끼들이 새끼를 낳지 않고 몸속에서 흡수해도 문제는 마찬가지였다. 둘째로 몇몇 암토끼가 반항적으로 변해 다루기가 힘들어졌다. 얼마 전만 해도 암토끼들이 장로회를 찾아와 마을을 떠나게 해 달라고 했다. 처음에는 장로회가 원한다면 얼마든지 멀리 가겠다며 온순하게 나왔다. 하지만 자기들의 요구가 절대로 받아들여지지 않을 것이라는 사실을 깨닫고 나자, 걸핏하면 짜증을 부리더니 나중에는 공격적으로 나오는 바람에 장로회도 강경한 조치를 취할 수밖에 없었다. 그 사건을 두고 아직도 앙금이 남아 있었다. 셋째는 최근 들어 아우슬라가 일반 토끼들한테서 권위를 잃고 있다는 점이다.

지난번에 다른 마을의 사절단을 자칭하는 떠돌이 토끼 네 마리가 체포되어 오른쪽 옆구리 표적반에 강제 수용 되었다. 운드워트는 그들이 어디서 왔는지 알아낼 속셈이었다. 하지만 그들은 아주 간단한 속임수로 대장을 속이고 보초들을 공격한 뒤 어둠을 틈타 탈출해 버렸다. 책임자였던 뷰글로스 대장은 당연히 강등되어 아우슬라에서 쫓겨났지만, 그것이 올바른 조처였다 할지라도 운드워트는 더 난처한 지경에 빠지게 되었다. 우수한 지휘관이 부족했기 때문이다. 보초를 서는 일반 아우슬라는 쉽게 구할 수 있어도 지휘관급은 그렇지 않은데 한 달도 안 되는 사이에 셋이나 잃었다. 뷰글로스는 전사한 것이나 마찬가지였다. 원래의 지위로 돌아오는 일은 있을 수도 없었다. 또 용감하고 재치 있는 찰록 대장이 도주한 토끼들을 추적하다가 철길에서 기차에 치여 목숨을 잃었다. 정말이지 인간의 사악함을 다시 한 번 보여 주는 증거였다. 무엇보다도 안타까운 일은 이틀 전에 북쪽으로 나간 정찰대가 신망이 두텁고 경험이 풍부한 맬로 대장이 여우에게 당했다는 충격적인 소식을 가지고 돌아온 것이었다. 참 해괴한 사건이었다. 정찰대는 북쪽에서 상당히 많은 토끼 떼가 에프라파로 다가오는 냄새를 맡았다고 한다. 냄새는 있지만 모습은 발견하지 못한 채 어떤 숲가로 다가가는데 낯선 토끼가 불쑥 나타나 돌진해 왔다. 정찰대는 당연히 그 토끼를 막으려 했지만, 그때 뒤쪽 트인 골짜기에서 토끼를 바짝 쫓아오던 여우가 눈 깜짝할 사이에 가엾은 맬로 대장을 해치워 버렸다. 모든 상황을 고려해 보면 정찰대는 질서정연하게 퇴각했고 부대장인 그라운드슬은 임무를 잘 수행했다. 하지만 낯선 토끼는 홀연히 모습을 감추어 버렸다. 이렇듯 맬로 대장이 아무 성과도 없이 죽음을 당하자, 아우슬라 전체가 혼란에 빠지고 사기가 땅에 떨어졌다.

다른 정찰대가 곧바로 수색에 나섰으나 북쪽에서 온 토끼들이 철길을 건너 남쪽으로 사라졌다는 보고뿐이었다. 감히 에프라파 코앞을 지나간 토끼들을 놓치다니 도저히 참을 수 없었다. 수색을 맡길 만한 뛰어난 지휘관만 있다면 지금 당장이라도 잡을 수 있을지도 모른다. 분명 캠피언 대장같이 진취적이고 적극적인 지휘관이 있어야 한다. 정찰대는 철길을 건넌 적이 거의 없는 데다 그 너머 강 근처의 눅눅한 땅은 모르는 곳이 많았기 때문이다. 운드워트는 직접 가고 싶었지만 최근 들어 규율상의 말썽이 많아 마을을 비울 수가 없었다. 캠피언 대장도 지금 당장은 자리를 비울 수 없었다. 그렇다, 화는 나지만 당분간 그 수상한 토끼들 문제는 접어 두어야 한다. 가장 시급한 문제는 아우슬라의 전력 손실을 보충하는 일이다. 앞으로 분쟁이 일어나면 인정사정 보지 않고 해결할 만한 아우슬라를 뽑아야 한다. 현재 병사들 가운데 가장 뛰어난 자를 골라 진급시키고 당분간 활동을 줄이면서 상황이 정상으로 돌아올 때까지 훈련에 주력하는 수밖에 없다.

운드워트는 처빌 대장에게 건성으로 인사하고 계속 그 문제를 곱씹었다.

이윽고 운드워트가 물었다.

"처빌, 자네 보초병들은 어떤가? 내가 아는 토끼가 있나?"

처빌이 대답했다.

"네, 훌륭한 친구들입니다, 장군님. 마저럼 아시지요? 장군님 밑에서 정찰대 전령을 맡은 적이 있습니다. 머니워트도 아시리라 봅니다만."

"으음, 알긴 알지만 둘 다 지휘관감은 아니야. 찰록과 맬로 자리에 앉힐 토끼가 필요하네. 그 얘기를 하자는 거야."

"어려운 문젭니다. 그만한 토끼들이 풀숲에서 불쑥 튀어나오는 건 아니니까요."

"그래도 어디선가 튀어나와 줘야 하네. 잘 생각해 보고 좋은 생각이 있으면 바로 보고하게. 이제 자네 보초대를 돌아봐야겠어. 함께 가겠나?"

순시에 나서려고 할 때 한 토끼가 다가왔다. 다름 아닌 캠피언 대장이었다. 캠피언의 주된 임무는 아침저녁으로 에프라파 주변을 순찰하고 새로운 정보들, 이를테면 진흙땅에 트랙터 바퀴 자국이 생겼다거나 새매의 똥을 발견했다거나 들판에 비료가 뿌려졌다는 사실 따위를 보고하는 일이었다. 캠피언 대장은 추적의 명수로서 어떤 것도 놓치는 일이 드물었다. 그는 운드워트 장군이 진심으로 존중하는 몇 안 되는 토끼 가운데 하나였다.

운드워트가 걸음을 멈추고 물었다.

"날 보러 왔나?"

캠피언이 대답했다.

"네, 그렇습니다, 장군님. 흘레시 한 마리를 붙잡아 끌고 왔습니다."

"어디 있었나?"

"철길 굴다리입니다. 우리 쪽 굴다리 앞에 있었습니다."

"뭘 하고 있었지?"

"네, 자기 말로는 에프라파를 찾아 멀리서 왔다고 합니다. 장군님께서 직접 만나 보시는 게 어떨까 싶습니다만."

운드워트는 고개를 갸우뚱했다.

"우리 에프라파를 찾아왔다고?"

"네, 그렇습니다."

"내일 장로회에서 보면 안 되나?"

"그게 좋으시다면 그렇게 하겠습니다. 한데 평범한 토끼가 아닌 듯합니다. 분명 쓸모가 있어 보입니다."

운드워트는 잠시 생각에 잠겼다.

"흐음. 그래, 좋아. 허나 시간이 많지 않아. 포로는 어디 있나?"

"크릭사에 있습니다."

크릭사는 나무로 둘러싸인 두 개의 승마길이 교차하는 곳으로, 50미터쯤 떨어져 있었다.

"부하 둘이서 지키고 있습니다."

운드워트는 크릭사까지 되돌아갔다. 표적반을 지켜야 하는 처빌 대장은 남고, 캠피언이 장군을 수행했다.

이 시간이면 크릭사는 붉은 햇살이 살랑이는 나뭇잎 사이로 깜박거릴 뿐 온통 푸른 그늘에 묻혀 있다. 승마길 언저리 젖은 풀밭에는 자줏빛 자난초, 참반디초, 노란 천사꽃이 만발해 있었다. 맞은편 딱총나무 덤불 밑에서 장로회 경찰 아우슬라파 두 마리가 기다리고 있었다. 그리고 그들 곁에 낯선 토끼가 있었다.

운드워트는 첫눈에 캠피언의 말뜻을 알아차렸다. 낯선 토끼는 몸집이 크고 몸무게가 꽤 나가면서도 민첩해 보였으며, 다부지고 노련해 보이는 겉모습과 전사의 눈빛을 가지고 있었다. 특이하게도 정수리에는 새의 볏처럼 털이 텁수룩하게 일어서 있었다. 그 토끼는 초연하면서도 상대를 평가하는 듯한 태도로 운드워트를 빤히 바라보았다. 그런 태도는 운드워트가 참으로 오랜만에 보는 것이었다.

운드워트가 물었다.

"이름이 뭔가?"

낯선 토끼가 대답했다.

"슬라일리요."

캠피언이 얼른 말을 고쳐 주었다.

"'슬라일리입니다, 장군님.' 하고 말해야지!"

그러나 낯선 토끼는 아무런 대꾸도 하지 않았다.

"정찰대가 데려왔다던데 뭘 하고 있었나?"

"에프라파를 찾아왔소."

"왜?"

"이거 놀랍군요. 에프라파는 당신네 마을 아니오? 여기서 살고 싶어 찾아오는 게 이상한 일이오?"

운드워트는 몹시 당황했다. 그 역시 바보가 아닌지라, 정신이 제대로 박힌 토끼가 제 발로 에프라파를 찾아오다니 참 해괴한 일이라고 생각했다. 하지만 자기 입으로 그렇게 말할 수는 없었다.

"할 줄 아는 게 뭔가?"

"달리고 싸우고 이야기하고 훼방 놓는 건 자신 있소. 나도 아우슬라 지휘관이었으니까."

운드워트는 캠피언을 보며 말했다.

"싸울 수 있다고? 그럼 이 친구와 싸워 보겠나?"

"물론."

낯선 토끼가 뒷다리로 서서 앞발로 캠피언의 얼굴을 후려치자 캠피언이 펄쩍 물러났다.

운드워트가 말했다.

"바보 같은 짓 그만두고 앉게나. 어디서 아우슬라를 지냈나?"

"멀리 있는 마을이오. 인간들 손에 온 마을 토끼가 몰살당했지만 난 도망쳤소이다. 그러고는 잠시 떠돌아다녔지. 그때 에 프라파 이야기를 들었소. 이곳에 들어오려고 먼 길을 찾아온 거요. 당신들이라면 날 써먹을 수 있을 것 같았소."

"혼자인가?"

"지금은 혼자요."

운드워트는 다시 생각에 잠겼다. 그가 아우슬라 지휘관이었다는 말은 충분히 믿을 만했다. 어떤 아우슬라라도 그를 원할 것이다. 그의 말이 사실이라면, 파괴된 마을에서 도망쳐 나오고 트인 들판을 오래도록 여행하면서 살아남을 만큼 머리가 좋다는 얘기다. 분명히 멀고 험한 여행길이었을 것이다. 에프라파 정찰대가 평소에 순찰하는 범위 안에는 토끼 마을이 하나도 없었으니까.

이윽고 운드워트가 입을 열었다.

"음, 자네 말대로 뭔가 쓸모가 있을지도 모르겠군. 오늘 밤은 여기 캠피언 대장을 따라가서 쉬고 내일 아침 장로회에 나오게. 그때까지는 싸움 같은 건 하지 말게, 알겠나? 그런 짓 말고도 자네가 할 일은 얼마든지 있으니까."

"좋소."

이튿날 아침 장로회에서 최근 잇달아 아우슬라들을 잃은 데 따른 어려움에 대해 논의하고 나자, 운드워트 장군이 새로 온 토끼를 일단 왼쪽 엉덩이 표적반 지휘관에 임명하고 처빌 대장의 지시를 받도록 하는 게 어떻겠느냐고 제안했다. 장로회는 새로 온 토끼를 만나 보고 나서 동의했다. 그리하여 니-프리스 즈음 슬라일리는 왼쪽 엉덩이에 찍힌 표적에서 피를 흘리며 임무를 수행하고 있었다.

35 암중모색

이 세상에는 할 일이 많지만 그것이 무엇인지는 잘 모른다.

존슨 박사

처빌 대장이 말했다.

"나는 표적반을 실플레이에 내보내기 전에 꼭 날씨를 확인하네. 물론 먼저 실플레이를 한 표적반에서 전령을 보내 언제쯤 굴로 돌아오며 날씨가 어떤지 따위를 알려 주지만 나는 반드시 내 눈으로 확인하러 나가 보네. 달이 뜨는 밤이면 보초를 무리에 아주 가깝게 세우고 끊임없이 돌아다니며 아무도 멀리 못 나가게 하지. 하지만 비가 오거나 캄캄한 밤이면 표적반을 작은 무리로 나누어 보초를 한 마리씩 붙여서 차례차례 내보낸다네. 날씨가 너무 나쁜 날은 장군님께 실플레이를 연기시켜 달라고 말씀드리고."

빅웍이 물었다.

"도망치려는 자들이 많나요?"

오후 내내 빅웍은 처빌 대장과 같은 표적반 지휘관인 애빈스를 따라 복잡한 굴속을 살피고 다니면서 그렇게 우울하고 의기소침한 토끼들은 난생 처음 본다고 생각했다.

"다들 별로 까다로워 보이진 않던데."

빅웍의 말에 애빈스가 말했다.

"사실 대부분은 문제가 없지만 언제 일이 터질지 모른다구. 가령 에프라파에서는 오른쪽 옆구리 표적반만큼 고분고분한 토끼들이 없다고들 했어. 그런데 어느 날 장로회의 조치로 흘레시 넷이 들어오더니, 그다음 날 저녁 어쩐 일인지 뷰글로스가 멍청해 있는 틈을 타서 흘레시 놈들이 대장을 속이고 내뺀 거야. 그걸로 뷰글로스는 끝장이었지. 철길에서 죽은 불쌍한 찰록은 말할 것도 없고. 그런 일은 계획이고 뭐고 없이 번개처럼 순식간에 일어나지. 어떤 때는 꼭 발작 같다니까. 한 토끼가 충동적으로 도망칠 때 잽싸게 후려쳐 잡지 않으면 바로 세 놈이 따라서 도망친다구. 안전한 방법은 딱 하나, 무리가 땅 위에 나와 있을 때는 잠시도 감시를 늦추지 않는 거야. 쉬는 건 알아서 눈치껏 하더라도. 어쨌든 우리가 여기 있는 것도 다 그 때문이지. 감시하고 정찰하는 것."

처빌 대장이 말했다.

"흐라카를 묻는 일 말인데 철저히 해야 하네. 들판에 흐라카가 한 덩이라도 눈에 띄는 날에는 장군님이 자네 꼬리를 목구멍에 처넣을 걸세. 하지만 일반 토끼들은 흐라카 묻는 걸 싫어한다네. 타고난 대로 살고 싶어 하다니, 반사회적인 놈들이지. 서로 협력하는 것만이 모두가 잘사는 길이라는 걸 도무지 이해 못한다니까. 나는 그런 놈들 서넛을 잡아서 벌로 날마다 도랑에 새 골을 파게 하지. 맘만 먹으면 벌을 줄 만한 녀석은 쉽게 찾을 수 있어. 오늘 찍힌 놈들은 어제 판 골을 메우고 다시 골을 파는 거야. 도랑 바닥으로 통하는 굴길은 따로 있는데, 흐라카를 누러 갈 때는 그 길로만 가야 돼. 우리는 도랑에다 흐라카 보초를 세워 놓고 토끼들이 흐라카를 누고 제대로 돌아가는지 감시하지."

빅윅이 물었다.

"실플레이를 마치고 들어올 때는 어떻게 확인합니까?"

처빌 대장이 대답했다.

"아, 누가 누구인지 다 알기 때문에 굴로 내려갈 때 지켜보면 돼. 각 표적반의 입구는 두 개뿐이니까 한 명씩 그 앞에 앉아서 감시하는 거야. 다들 정해진 입구로 내려가야 하는데, 나는 내 담당 입구로 누가 내려와야 하는지 다 외우고 있어. 보초들은 맨 마지막으로 들어오지. 우리 표적 토끼들이 다 들어온 다음에야 보초들을 불러들이거든. 그리고 일단 굴로 내려오면 보초들이 입구를 지키고 있기 때문에 나갈 수가 없어. 땅 파는 소리가 나는지도 잘 들어야 돼. 여기선 장로회 허가 없이는 굴파기도 금지되어 있어. 진짜 위험할 때는 경보가 울릴 때, 그러니까 여우나 인간이 나타날 때뿐이야. 그러면 너도나도 가장 가까운 굴로 잽싸게 내빼지. 그럴 때 반대 방향으로 달아나면 없어진 걸 들키기 전까지 꽤 멀리 달아날 수 있지만, 아직 그런 생각은 아무도 못한 것 같아. 하기야 엘릴 쪽으로 도망칠 놈은 없으니까 그거야말로 최고의 도주 방지책이지."

"흠, 정말 철저하군요."

빅윅은 그렇게 말하면서 내심 자신의 임무가 예상보다 훨씬 더 어렵겠다고 생각했다.

"한시라도 빨리 익숙해지도록 하겠습니다. 정찰은 언제쯤 나가나요?"

애빈스가 말했다.

"처음에는 장군님께서 직접 데리고 나가실 거야. 나도 그랬어. 장군님과 하루 이틀만 다녀 보면 정찰 나가고 싶은 마음이 싹 가실걸. 다들 지쳐서 나가떨어지거든. 하지만 슬라일리 넌 덩치도 좋고 한동안 고생도 했다니까 잘해 낼 거야."

그때 목에 희끄무레한 흉터가 있는 토끼가 굴길을 내려왔다.

"처빌 대장님, 목 표적반이 실플레이를 마치고 내려오는 중입니다. 오늘 저녁은 날씨가 참 좋아요. 즐거운 실플레이가 되시길 바랍니다."

처빌 대장이 대답했다.

"자네가 언제 오나 기다리던 참이야. 세인포인 대장한테 우리 표적반이 곧 나간다고 전하게."

그러고는 가까이 있던 보초한테 굴마다 돌아다니며 모두 실 플레이를 내보내라고 명령했다.

"자, 애빈스, 자네는 평소처럼 저쪽 입구를 맡고 슬라일리 는 나와 함께 이쪽을 맡지. 우선 경비선에 보초 넷을 내보내고 토끼들이 다 나가면 넷을 더 데리고 나가세. 둘은 예비로 남겨 두고. 그럼 둔덕에 있는 큰 부싯돌 앞에서 보세."

빅윅은 처빌 대장을 따라 풀과 클로버와 달구지풀 냄새가 풍기는 굴길을 내려갔다. 굴길이 좁고 답답한 걸 보니 외부와 연결된 통풍구가 몇 개 안 되는 게 분명했다. 아무리 에프라파 라도 저녁 실플레이를 나간다고 생각하니 가슴이 설레었다. 빅윅은 너도밤나무 잎이 살랑거리는 머나먼 벌집을 떠올리며 한숨을 쉬었다.

'홀리는 잘 지내고 있을까? 다시 만날 날이 올까? 헤이즐은 다시 볼 수 있을까? 어쨌든 임무를 마치기 전에 이놈들한테 본 때를 보여 주고 말 테다. 하지만 정말 외롭군. 혼자서 비밀 임 무를 수행하는 건 진짜 힘들구만!'

굴 입구에 다다르자 처빌은 밖을 둘러보러 나갔다. 그러고 는 돌아와서 굴길 꼭대기에 자리 잡고 앉았다. 빅윅도 그 옆에 앉다가 굴길 맞은편 벽에 큰 동굴처럼 움푹 들어간 부분을 보 았다. 그곳에 토끼 셋이 웅크리고 있었다. 양쪽에 있는 토끼들 은 다부지고 무뚝뚝해 보이는 것이 아우슬라파인 것 같았다.

그러나 빅윅의 눈길을 끈 것은 가운데 있는 토끼였다. 그 토끼는 털빛이 검은색에 가까울 정도로 짙었다. 그런데 그보다 더 놀라운 점이 있었다. 온몸이 만신창이였다. 형체도 알아보기 힘들 만큼 찢겨진 귀는 가장자리가 너덜거리고, 아무렇게나 붙은 흉터들이 남아 있는 데다 상처가 아물면서 돋은 맨살이 여기저기 불거져 있었다. 한쪽 눈꺼풀도 흉하게 찌그러져 있었다. 7월 저녁의 선선한 공기가 가슴을 설레게 하는데도 그 토끼는 아무것도 느끼지 못하는 듯 무표정했다. 그는 쉴 새 없이 눈을 끔벅거리며 땅바닥만 멍하니 바라보았다. 조금 있으니까 고개를 떨구고 힘없이 코를 앞발에 비볐다. 그러고는 목을 긁적이고 나서 다시 아까처럼 몸을 수그리고 앉았다.

홍분을 잘하고 충동적인 빅윅은 호기심도 나고 안됐기도 해서 그리로 다가갔다.

"넌 누구냐?"

"블랙카바르입니다."

이런 질문을 많이 받았는지 그 토끼는 고개도 들지 않고 무덤덤하게 대답했다.

"실플레이하러 가나?"

빅윅은 당연히 그 토끼가 큰 전투에서 부상을 입은 영웅으로, 과거에 쌓은 공 덕분에 노쇠해진 지금은 외출할 때마다 명예로운 호위를 받고 있는 줄 알았다.

"아닙니다."

빅윅이 말했다.

"왜 안 가? 멋진 저녁인데?"

"전 이 시간에 실플레이를 하지 않습니다."

빅윅은 여느 때처럼 거침없이 물었다.

"그러면 왜 여기 있지?"

"저녁 실플레이를 하는 표적반이…… 표적반이 오면…… 저 는……."

그 토끼는 머뭇거리다가 입을 다물었다.

아우슬라파 하나가 다그쳤다.

"계속해!"

그러자 그 토끼는 꺼져 가는 소리로 나직이 말했다.

"표적 토끼들한테 제 모습을 보여 주려고 나와 있습니다. 마을을 떠나는 반역 행위를 하면 어떤 처벌을 받는지 똑똑히 보여 주는 거지요. 장로회에서 너그럽게…… 장로회에서 너그럽게…… 장로회……. 더는 기억이 안 납니다, 정말로요."

토끼는 아까 다그치던 보초를 돌아보며 불쑥 큰 소리로 외쳤다.

"아무것도 생각이 안 난다구요."

보초는 아무 말도 하지 않았다. 빅윅은 충격을 받아 말없이 쳐다보기만 하다가 처빌에게 돌아갔다.

처빌이 말했다.

"저 토끼는 누가 물으면 일일이 대답하게 돼 있지. 하지만 보름쯤 계속하고 나니까 정신이 오락가락하는 모양이야. 탈출하다가 붙잡힌 놈이지. 캠피언이 잡아서 끌고 오자 장로회에서 귀를 찢고 아침저녁으로 실플레이하러 나갈 때 다른 토끼들에게 본보기가 되도록 나와 있으라는 벌을 내렸지. 저것도 오래가진 못할 거야. 머지않아 자기보다 훨씬 더 검은 토끼의 부름을 받게 될걸."

빅윅은 처빌의 냉정한 말투도 말투지만 인레의 검은 토끼가 생각나서 몸서리를 쳤다. 표적반 토끼들이 한 줄로 서서 굴길을 올라오고 있었다. 빅윅은 토끼들이 차례차례 굴 입구를 막고 섰다가 산사나무 아래로 뛰어나가는 모습을 지켜보았다. 처빌은 자기네 토끼의 이름을 다 안다는 사실이 자랑스러운 게 분명했다. 대부분의 토끼들에게 말을 걸어 사사로운 생활까지 웬만큼 알고 있다는 티를 내려고 애썼다. 하지만 돌아오는 대답은 그다지 다정하거나 상냥하지 않았는데, 처빌이 싫어서인지 아니면 단순히 에프라파 일반 토끼들이 그렇듯 의기소침해서인지 알 수가 없었다. 빅윅은 블랙베리가 일러 준 대로 일반 토끼들 사이에서 불만이나 반항의 빛을 찾으려고 애썼지만, 차례로 지나가는 토끼들의 무표정한 낯빛에서는 그런 기미를 읽을 수가 없었다. 맨 마지막으로 암토끼 서넛이 이야기를 하면서 올라왔다.

"넬틸타, 새 친구들과 잘 지내고 있나?"

처빌은 맨 앞에 지나가는 암토끼에게 물었다.

넬틸타는 길쭉한 코에 예쁘장한 암토끼로, 태어난 지 석 달 밖에 되지 않았다. 넬틸타는 걸음을 멈추고 처빌을 쳐다보며 대답했다.

"글쎄요, 대장님도 언젠가 큰일을 해내시겠죠. 맬로 대장님 처럼요. 그분도 한 건 올렸잖아요. 암토끼를 대정찰에 내보내는 건 어때요?"

넬틸타는 멈춰 서서 대답을 기다렸으나, 처빌이 대꾸도 안 하고 뒤에 오는 암토끼들한테 말을 걸지도 않자, 그냥 들판으로 나갔다.

빅윅이 물었다.

"무슨 소리죠?"

처빌이 말했다.

"음, 문제가 있었지. 오른쪽 앞발 표적반 암토끼들이 장로 회로 떼 지어 몰려가서 소동을 일으켰어. 장군님께서 그 암토끼들을 떼어 놓으라고 하셔서 우리 반도 둘을 받아들였지. 그 둘은 감시 대상이야. 사실 그 둘은 별 문제가 없는데 넬틸타가 이들과 친해지면서 건방져지고 반항적이 되었어. 방금 본 것 처럼 말일세. 저런 건 괜찮아. 다 아우슬라의 권위를 안다는 증거거든. 오히려 젊은 암토끼들이 조용하고 공손하게 나오면 더 불안하다니까. 무슨 일을 꾸미는 게 아닌가 해서 말이야. 어쨌거나 슬라일리 자네가 저 암토끼들과 친해져서 말을 잘 듣게 좀 해 주게."

빅윅이 말했다.

"그러죠. 참, 짝짓기 규칙은 어떻게 돼 있나요?"

처빌이 말했다.

"짝짓기? 아, 암토끼가 필요하면 마음대로 하게. 우리 표적반에서 말이야. 우리가 괜히 지휘관인 건 아니잖나? 암토끼들은 명령대로 따를 테고 방해할 수토끼도 없네. 자네와 나와 애빈스 마음대로지. 우리끼리 싸울 일도 없을 거야. 암토끼는 얼마든지 있으니까."

빅윅이 말했다.

"그렇군요. 저도 실플레이 좀 해야겠어요. 괜찮다면 우리 표적반 토끼들하고 얘기 좀 나누고 나서 보초들을 둘러보고 이 근처 지형을 익히고 오겠습니다. 그런데 블랙카바르는 어쩌죠?"

처빌이 말했다.

"그냥 둬. 우리랑 상관없어. 아우슬라파가 지키고 있다가 우리 표적반이 돌아오면 도로 데려가겠지."

빅윅은 풀밭으로 나가면서 토끼들이 경계하는 눈초리로 힐끔힐끔 쳐다보는 것을 느꼈다. 빅윅은 불안하고 당혹스러웠다. 이 위험한 임무를 어디서 어떻게 시작한단 말인가? 키하르가 오래 기다리지 못한다고 못 박은 이상 어떻게든 시작해야 한다. 위험을 각오하고 누군가를 믿는 수밖에 없다. 하지만 누구를? 이런 마을에는 첩자들이 우글우글할 것이다. 누가 첩자인지는 운드워트 장군만이 알 것이다. 지금도 어떤 첩자가 지켜보고 있진 않을까?

빅윅은 생각했다.

'내 감을 믿는 수밖에 없어. 한 바퀴 돌아보며 친구를 만들어 보자구. 한 가지는 분명해. 여기서 암토끼를 데리고 나가게 된다면 저 불쌍한 블랙카바르도 꼭 데려갈 테다. 반드시! 저렇게 강제로 끌려 나와 있다니 생각만 해도 치가 떨려. 망할 놈의 운드워트 장군! 그놈한테는 총도 과분해.'

빅윅은 풀을 우물거리며 이런저런 생각에 잠긴 채 저녁 햇살이 비치는 들판을 천천히 돌아다녔다. 잠시 뒤 워터십 다운에서 실버와 함께 키하르를 처음 발견했던 구덩이처럼 움푹 파인 곳이 나타났다. 그 안에 암토끼 넷이 등을 돌리고 모여 있었다. 아까 마지막으로 굴을 나섰던 암토끼들이었다. 암토끼들은 한창 열심히 풀을 뜯고 났는지 이제는 느긋이 풀을 뜯으며 이야기를 하고 있었다. 보아하니 그중 한 마리에게 나머지 셋이 귀를 기울이고 있었다. 빅윅은 누구보다도 이야기를 좋아하는데다 이 마을에서 새로운 이야기를 들을 수 있겠구나 싶어 구미가 당겼다. 빅윅이 살금살금 구덩이 가장자리로 다가가자 마침 암토끼가 이야기를 시작했다.

빅윅은 그것이 이야기가 아니라는 것을 금방 알아차렸다. 하지만 어디선가 그와 비슷한 것을 들어 본 것 같았다. 몰입해 있는 분위기, 운율이 있는 말, 열렬한 청중들. 어디서 봤더라? 다음 순간 당근 냄새가 생각나더니 큰 굴에서 수많은 토끼들을 사로잡았던 실버위드가 떠올랐다. 하지만 실버위드의 시와 달리 이 암토끼의 시는 빅윅의 가슴에 절절히 와 닿았다.

옛날 옛날에
노랑촉새가 지저귀었네, 가시나무 높은 곳에서.
엄마 토끼와 놀러 나온 아기들 옆에서 노래했네.
노랑촉새는 바람 속에서 노래하고 아기들은 그 아래서 놀고 있었네.
딱총나무 꽃 아래서 시간이 흘러갔네.
그러나 새는 날아가 버리고 내 마음은 어둡기만 하네.
시간은 이제 다시는 들판에서 노닐지 않네.

옛날 옛날에
오렌지색 딱정벌레들이 독보리 줄기에 앉아 있었네.
독보리는 바람을 따라 흔들리고 있었네.
수토끼와 암토끼는 들판을 뛰어다니고 둔덕에 굴을 팠네.
개암나무 그늘 아래서 자유로웠네.
그러나 서리가 내려 딱정벌레는 죽고 내 마음은 어둡기만 하네.
이제 다시는 짝을 찾지 못하리.

서리가 내리네, 내 몸에 서리가 내려앉네.
내 코와 귀는 꽁꽁 얼어붙었네.

봄이 오면 칼새가 날아와 "뉴스! 뉴스!" 하고 울어 대리.
"암토끼여, 새 굴을 파고 아기를 위해 젖을 내렴."
하지만 나는 듣지 못하리.
뱃속의 아기는 내 무감각한 몸으로 돌아오네.
꿈속에 바람을 가두는 철책이 나타나네.
이제 다시는 불어 오는 바람도 느끼지 못하리.

암토끼가 시를 다 읊고 나서도 나머지 암토끼들은 말이 없었다. 하지만 그 침묵은 분명 암토끼의 시가 모두의 마음을 대변했기 때문이었다. 찌르레기 한 떼가 시끄럽게 지나가면서 묽은 배설물을 풀밭에 떨어뜨렸지만 아무도 놀라거나 움직이지 않았다. 모두 똑같이 우울한 생각에 빠져 있는 듯했다. 아무리 슬프더라도 에프라파에서는 받아들여질 수 없는 생각이었다.

빅윅은 몸도 정신도 강인한 토끼로 감상적인 구석이라곤 전혀 없지만, 무수한 고난과 위험을 겪은 동물이 그렇듯이 고통을 알아보고 배려할 줄 알았다. 게다가 다른 토끼들을 파악하여 어떤 일에 어울릴지 판단하는 데 익숙했다. 빅윅은 이 네 암토끼들이 기운을 잃어 가고 있다고 생각했다. 야생 동물은 더 이상 살아야 할 의미가 없다고 느끼면 결국에는 마지막 힘을 짜내어 죽으려고 한다. 빅윅은 철사 덫 마을에 있을 때 파이버가 그런 상태인 줄로 오해했다. 그 일이 있은 뒤로 빅윅의 판단력도 성숙했다. 빅윅이 보기에 이 네 암토끼는 절망에 빠져

들고 있었다. 그리고 홀리와 처빌한데서 들은 이야기를 종합
해 보면 그 이유도 짐작이 갔다. 마을 토끼 수가 너무 많아지
고 긴장된 상태가 지속되면 그 영향은 암토끼들에게 가장 먼저
나타나는 법이다. 암토끼들은 새끼를 낳지 못하게 되고 걸핏
하면 싸우려 든다. 하지만 싸움으로도 문제가 해결되지 않으
면 보통 마지막 남은 출구로 떠밀려 간다. 빅윅은 이 암토끼들
의 침울한 상태가 어느 정도까지 와 있을까 생각했다.

빅윅은 구덩이로 풀쩍 뛰어들었다. 암토끼들은 생각에서 깨
어나 화가 난 듯 노려보며 물러났다.

빅윅은 굴길에서 처빌에게 대들던 예쁜 토끼에게 말했다.

"네가 넬틸타지?"

이어서 넬틸타 옆에 앉은 토끼를 보고 물었다.

"네 이름은 뭐지?"

암토끼는 잠시 뜸을 들이다가 마지못해 대답했다.

"티수딘낭*입니다."

빅윅은 시를 읊던 암토끼에게 물었다.

"너는?"

그 암토끼는 적개심과 고통에 가득 찬 눈으로 빅윅을 돌아보
았다. 순간 빅윅은 자기는 당신들의 숨은 친구이며, 자신은 비
록 아우슬라 지휘관이지만 에프라파를 증오한다는 사실을 믿

*티수딘낭 : '나뭇잎의 움직임'이라는 뜻.

어 달라고 말하고 싶은 것을 간신히 참았다. 넬틸타는 증오에 차서 처빌에게 말대꾸라도 했지만 이 암토끼는 말로 다 할 수 없는 부당함을 호소하는 눈빛으로 바라보고만 있었다. 빅윅은 암토끼를 마주 보다가 문득 홀리가 말한 거대한 노란색 흐루두두, 샌들포드 토끼 마을을 무자비하게 뒤집어엎었다던 흐루두두가 떠올랐다.

'그 흐루두두를 바라보는 듯한 눈빛이군.'

다음 순간 암토끼가 대답했다.

"제 이름은 하이젠슬라이입니다."

"하이젠슬라이?"

빅윅은 깜짝 놀라 냉정을 잃어버렸다.

"그러면 당신이 바로……."

하지만 곧 입을 다물었다. 홀리와 이야기한 일을 기억하느냐고 묻는 것은 위험할지도 모른다. 하지만 기억을 하든 못하든 이 암토끼는 분명 홀리와 그 일행에게 에프라파가 안고 있는 문제와 암토끼들의 불만을 가르쳐 준 장본인이다. 빅윅의 기억이 맞다면 이 암토끼는 마을을 떠나려고 한 적도 있었다.

빅윅은 다시 하이젠슬라이의 쓸쓸한 눈빛을 바라보며 생각했다.

'지금 저 암토끼는 무엇을 할 수 있을까?'

넬틸타가 물었다.

"저희는 이만 가 봐도 될까요? 지휘관님들이랑 있으면 숨이 막히거든요. 아무리 잠깐이라도 끔찍하게 길게 느껴져요."

"아…… 그래…… 물론이지, 그럼."

빅윅은 몹시 당황하여 대답했다. 그러고는 멀거니 서서 암토끼들이 깡충깡충 뛰어가는 모습을 바라보고 있는데, 넬틸타가 큰 소리로 "얼간이!" 하고 외치고는 빅윅이 쫓아올 줄 알았는지 살짝 돌아보았다.

'하, 어쨌든 한 마리는 아직 기운이 남아 있군.'

빅윅은 그렇게 생각하며 구덩이에서 나와 보초들에게 갔다.

빅윅은 한동안 보초들과 이야기를 나누면서 그들이 어떻게 조직되어 있는지 알아보았다. 기가 죽을 만큼 효율적인 조직이었다. 에프라파 보초들은 근처에 있는 보초와 순식간에 연락하곤 했다. 그리고 발 구르기 신호가 한 가지 이상 있어서 지휘관들과 예비 부대를 출동시켰다. 필요하다면 아우슬라파에게도 금방 경보를 알리고, 캠피언 대장이나 마을 외곽 지대를 정찰하는 다른 지휘관들까지도 불러 모았다. 한 번에 한 표적 반만 풀을 뜯기 때문에 경보가 울리면 어디로 가야 할지 헷갈릴 일도 없었다. 보초 가운데 마저럼이라는 토끼가 블랙카바르의 도주 사건을 이야기해 주었다.

"그 녀석은 되도록 멀찌감치 나가서 풀을 뜯는 척하다가 갑자기 쏜살같이 달아났습니다. 막으려고 달려든 보초까지 둘이나 때려눕히고 말이죠. 혼자서 그만한 일을 해치운 놈은 없을걸요. 미친 듯이 도망쳤지만 캠피언 대장이 경보를 듣고 뒤쫓

아 가서 붙잡았지요. 그때 보초를 때려눕히지만 않았어도 처벌
이 가벼웠을 텐데."

빅윅이 물었다.

"자네는 이곳 생활에 만족하나?"

마저럼이 말했다.

"지금은 아우슬라에 있으니까 그럭저럭 괜찮습니다. 지휘관
이 되면 훨씬 더 좋아지겠지요. 전 대정찰을 두 번이나 나갔습
니다. 주목을 받으려면 그게 최고거든요. 추적이나 싸움이라면
남한테 뒤지지 않아요. 물론 지휘관이 되려면 그보다 더 많은
게 필요하지만. 우리 지휘관님들은 참 강인한 것 같습니다, 그
렇지요?"

"음, 그래."

빅윅은 진심으로 대답했다. 마저럼은 빅윅이 에프라파에 새
로 들어온 토끼인 줄 전혀 모르는 눈치였다. 어쨌든 마저럼은
질투도 반감도 보이지 않았다. 이 마을에서는 누구나 자기와
상관없는 이야기는 듣지도 못하며, 코앞에서 벌어지는 일 말고
는 잘 모르는 것 같았다. 마저럼은 빅윅이 다른 표적반에서 진
급되어 온 줄 아는 모양이었다.

실플레이가 끝나기 직전 어둠이 깔릴 무렵 캠피언 대장이
정찰대원 셋을 이끌고 들판에 나타나자 처빌이 경비선까지 달
려가 맞이했다. 빅윅도 그 무리에 끼어 이야기를 들었다. 캠피
언 대장은 철길까지 나가 보았으나 딱히 이상한 점은 없었다고

했다.

빅윅이 질문을 던졌다.

"철길 너머까지 가는 일은 없습니까?"

캠피언 대장이 말했다.

"별로 없지. 땅이 습하잖나. 토끼들이 살기엔 안 좋은 땅이지. 가 본 적도 있지만 지금처럼 일상적인 정찰에서는 주로 마을 쪽을 살펴본다네. 내 임무는 장로회에서 알고 있어야 할 새로운 사실을 알아내고 도망치는 놈을 붙잡는 거니까. 블랙카바르처럼 한심한 놈들 말일세. 그놈은 쓰러지기 전에 날 한 번 물어뜯었는데 절대로 잊지 못해. 아무튼 오늘처럼 날씨가 좋은 저녁엔 철둑까지 나가서 철둑 이쪽을 쭉 순찰하지. 때로는 반대편에 있는 농장 헛간까지 가기도 하고. 필요에 따라 달라지지. 참, 아까 초저녁에 장군님을 뵈었는데 이삼 일 안에 자네를 대정찰에 데려가실 모양이더군. 자네가 이곳에 좀 익숙해지고 자네가 맡은 표적반 실플레이 시간이 새벽이나 저녁이 아닐 때 말일세."

빅윅은 안달이라도 난 척 말했다.

"뭐 하러 그때까지 기다리죠? 더 빨리 하면 안 됩니까?"

"음, 어떤 표적반이든 새벽과 저녁에 실플레이할 때는 아우슬라 전원이 나와서 지켜. 그 시간은 토끼들이 가장 팔팔할 때라서 감시를 소홀히 하면 안 되거든. 하지만 니-프리스와 푸인레 때 실플레이하는 표적반에서는 아우슬라를 대정찰에 내보낼 수 있지. 난 이만 가 보겠네. 정찰대원들을 데리고 크릭사에 가서 장군님께 보고드려야 하니까."

토끼들이 모두 굴로 내려가고 블랙카바르도 아우슬라파한테 끌려 돌아가자, 빅웍은 곧 처빌과 애빈스에게 먼저 가 보겠다고 인사하고 자기 굴로 돌아왔다. 일반 토끼들은 좁아터진 곳에 모여 살지만, 보초 토끼들은 자기들끼리만 묵는 널찍한 굴이 두 개나 되고, 지휘관 토끼는 혼자 쓰는 굴이 있었다. 마침내 혼자가 된 빅웍은 자신의 문제를 두고 곰곰이 생각했다.

이 어려운 문제들을 어떻게 해결해야 할지 난감했다. 빅웍은 키하르의 도움을 받아 언제든지 맘만 먹으면 에프라파를 탈출할 수 있다. 하지만 설사 함께 도망치겠다고 나서는 암토끼들이 있다 해도 과연 무슨 수로 데리고 나간단 말인가? 실플레이를 하는 동안 보초들을 불러들인다고 해도 금방 처빌 대장한테 들키고 말 것이다. 그렇다면 방법은 단 하나, 낮에 탈출하는 길뿐이다. 처빌 대장이 잠들기를 기다려 한쪽 굴을 지키는 보초 토끼를 명령으로 쫓아내는 것이다. 빅웍은 곰곰이 생각했다. 흠잡을 데 없는 계획 같았다. 하지만 곧 '블랙카바르는 어쩌지?' 하는 생각이 떠올랐다. 블랙카바르는 어떤 굴인가에 갇힌 채 온종일 철저히 감시당할 것이다. 에프라파 토끼들은 도무지 아는 것이 없으니 그 굴이 어디 있는지도 당연히 모를 테고, 설사 안다 해도 가르쳐 주지 않을 것이다. 그렇다면 블랙카바르는 두고 가야 한다. 현실적으로 그를 구해 낼 방법은 없었다.

빅윅은 혼자 중얼거렸다.

"젠장, 블랙카바르를 두고 가야 하다니! 블랙베리가 알면 나더러 바보라고 하겠지. 하지만 블랙베리는 여기 없고 이 작전은 내가 하는 거라구. 그래도 블랙카바르 때문에 모든 일이 실패로 돌아가면? 아아, 프리스 님이여! 골치 아파 죽겠군!"

빅윅은 생각하고 또 생각했지만 생각은 늘 같은 자리를 맴돌았다. 그러다가 어느 순간 잠이 들었다. 눈을 뜨자 바깥은 맑고 고요한 달밤이었다. 문득 일을 거꾸로 시작할 수도 있겠다는 생각이 들었다. 일단 암토끼들을 설득해 같은 편으로 끌어들인 다음 나중에 머리를 맞대고 좋은 작전을 짜는 것이다. 빅윅은 굴길을 내려가다가 붐비는 굴 앞에서 간신히 눈을 붙이고 있는 젊은 토끼를 보았다. 빅윅은 그를 깨웠다.

"하이젠슬라이를 아나?"

"네, 압니다."

토끼는 애써 씩씩한 말투로 대답했다.

"하이젠슬라이를 찾아서 내 굴로 오라고 전해. 다른 토끼는 데려오면 안 돼. 알겠나?"

"네, 알겠습니다."

젊은 토끼가 서둘러 사라지자 빅윅은 혹시 의심받지나 않을까 걱정하면서 자기 굴로 돌아왔다. 의심받을 것 같지는 않았다. 처빌 대장의 말로 보아 지휘관 토끼가 암토끼를 부르는 일은 흔히 있는 것 같았다. 심문을 받게 되면 잡아떼면 그만이었다. 빅웍은 자리에 누워 기다렸다.

어둠 속에서 토끼 한 마리가 천천히 굴길을 지나와 빅웍의 굴 앞에 섰다. 그러고는 아무 소리도 나지 않았다.

빅웍이 물었다.

"하이젠슬라이인가?"

"네, 그렇습니다."

"할 이야기가 있소."

"이 표적반 소속이니 지휘관님 명령에 따라야겠지요. 하지만 저를 부른 건 실수입니다."

"아니, 그렇지 않소. 두려워하지 마시오. 이리 가까이 와요."

하이젠슬라이는 시키는 대로 했다. 맥박이 빨라지는 소리가 빅웍한테도 전해져 왔다. 하이젠슬라이는 잔뜩 긴장해서 발톱으로 땅바닥을 그러쥔 채 눈을 꼭 감고 있었다.

빅웍이 귀에 대고 속삭였다.

"하이젠슬라이, 잘 들어요. 얼마 전에 토끼 네 마리가 에프라파에 왔던 일 기억나죠? 그중 하나는 털이 아주 연한 잿빛이고 또 하나는 앞다리에 쥐한테 물린 흉터가 있어요. 당신은 그들의 우두머리와 이야기를 나눴지요. 홀리라는 토끼하고 말입니다. 홀리가 당신한테 무슨 얘길 했는지 알고 있어요."

하이젠슬라이는 겁에 질려 돌아보았다.

"당신이 그걸 어떻게 알죠?"

"그런 건 상관없어요. 잠자코 듣기만 해요."

그러고 나서 빅윅은 헤이즐과 파이버 이야기, 샌들포드 마을의 파괴와 위터십 다운까지 오게 된 내력을 들려주었다. 하이젠슬라이는 중간에 끼어들지 않고 가만히 듣기만 했다.

"그날 밤 당신하고 이야기한 토끼들 말이오, 마을이 파괴되었고 암토끼를 찾아 에프라파로 왔다던 그 토끼들이 어떻게 된 줄 아나요?"

하이젠슬라이는 들릴락 말락 하게 나직이 중얼거렸다.

"들어서 알고 있어요. 다음 날 아침 도망쳤대요. 찰록 대장이 추적하다가 죽었고요."

"그 뒤로 다른 추적대가 파견됐나요? 그다음 날 말이오."

"뷰글로스는 체포되고 찰록은 죽은 터라 추적대를 이끌 지휘관이 없다고 들었어요."

"그 토끼들은 무사히 돌아왔어요. 그중 하나는 지금 우리 족장 토끼와 다른 친구들과 함께 멀지 않은 곳에 와 있고요. 다들 영리하고 재치 있는 토끼들입니다. 내가 암토끼들을 데리고 나오기만을 기다리고 있어요. 되도록 많이. 내일 아침이면 우리 편한테 소식을 전할 수 있을 거요."

"어떻게요?"

"새를 통해서. 별일 없다면 말이오."

빅윅은 키하르에 대해서도 이야기해 주었다. 이야기를 다 듣고 나서도 하이젠슬라이가 아무런 대답도 하지 않자, 빅윅은 이 암토끼가 생각에 잠긴 것인지 아니면 공포와 불신에 시달린 나머지 할 말을 잃은 것인지 종잡을 수가 없었다. 자신을 첩자라고 생각하는 걸까? 빨리 이 자리를 뜨고 싶은 마음밖에 없는 건 아닐까?

참다 못해 빅윅이 물었다.

"내 말을 믿나요?"

"네, 믿어요."

"장로회에서 보낸 첩자일지도 모르는데?"

"아니에요. 그건 알아요."

"어떻게요?"

"친구 얘기를 했잖아요. 마을에 위험이 다가올 것을 미리 알았다는 토끼 말예요. 그런 능력은 그 친구만 가진 게 아니에요. 저도 이따금 그런 걸 알 수 있어요. 요즘에는 가슴이 얼어붙어서 자주 그러지는 않지만."

"그럼 날 따라가겠소? 친구들도 설득하고? 우린 당신들이 필요해요. 에프라파에서는 당신들이 필요 없지만."

하이젠슬라이는 다시 입을 다물었다. 근처 흙 속에서 지렁이 기어 다니는 소리가 들리고, 바깥 풀밭에서 작은 동물이 사박사박 돌아다니는 소리가 굴길을 타고 들려왔다. 빅윅은 지금이 중요한 순간이기 때문에 암토끼를 가만히 내버려 두어야 한다는 것을 눈치 채고 묵묵히 기다렸다.

이윽고 하이젠슬라이가 다시 입을 열었다. 소리가 워낙 나직해서 말이 아니라 숨소리가 이어졌다 끊어졌다 하는 것처럼 들렸다.

"에프라파에서 탈출할 수 있다. 몹시 위험하지만 성공한다. 그다음의 일은 보이지 않는다. 해질녘의 혼란과 공포…… 그리고 인간, 인간들, 온통 인간의 것들! 개 한 마리…… 삭정이처럼 똑 부러지는 밧줄. 토끼가…… 아니, 그런 어처구니없는! …… 토끼가 흐루두두에 타고 있다! 아, 내가 정신이 나갔나 봐. 여름 저녁에 아기 토끼들한테나 들려줄 이야기야. 안 돼, 예전만큼 보이지가 않아요. 마치 비 내리는 들판 너머로 숲을 바라보는 느낌이에요."

"당신도 내 친구를 만나 봐야겠군. 내 친구도 꼭 당신처럼 얘기하거든요. 난 그 친구를 믿듯이 당신도 믿어요. 이 계획이 성공할 것 같은 예감이 든다면 잘된 거요. 하지만 내가 묻는 것은 당신 친구들을 설득해서 함께 갈 수 있느냐입니다."

하이젠슬라이는 잠시 침묵했다가 대답했다.

"용기도 기운도 예전보다 많이 약해졌어요. 당신이 나한테 의지한다니 부담스럽군요."

"그렇군요. 무엇 때문에 그렇게 지쳤소? 당신은 암토끼들을 이끌고 장로회까지 찾아가지 않았나요?"

"나하고 티수딘낭이었죠. 우리랑 같이 갔던 다른 친구들은 어떻게 됐는지도 몰라요. 우린 모두 오른쪽 앞발 표적반에 있었어요. 난 앞발에 표적이 있지만 다시 다른 표적을 만들었어요. 블랙카바르…… 봤죠?"

"물론, 봤소."

"블랙카바르도 우리 표적반이었어요. 우리와 친구였고 늘 용기를 북돋아 주었죠. 암토끼들이 장로회로 몰려간 지 하루인가 이틀 뒤, 밤에 탈출하다가 잡혔어요. 어떻게 당했는지 봤죠? 하필 바로 그날 밤 당신 친구들이 왔어요. 그러곤 다음 날 밤에 도망쳐 버렸고요. 그런 일이 있고 나자 우린 다시 장로회에 불려 갔어요. 장군은 다시는 아무도 도망치지 못할 거라고 못 박았어요. 그러고는 우리를 둘씩 묶어서 서로 다른 표적반으로 보내 버렸지요. 왜 티수딘낭과 나를 같은 반에 넣어 줬는지 모르겠어요. 아무 생각이 없었는지도 모르죠. 알다시피 에프라파는 그런 곳이에요. '각 반마다 둘씩'이라는 명령이 떨어지고 그 명령대로 따르기만 하면 누구와 누구를 붙여 주느냐는 아무 문제가 안 되죠. 이제 난 두려워요. 늘 장로회가 감시하고 있는 게 느껴져요."

"그래요, 하지만 이젠 내가 있어요."

"장로회는 아주 교활해요."

"그렇겠지. 하지만 우리한테는 그보다 훨씬 더 영리한 토끼들이 있으니까 날 믿어요. 엘-어라이라의 아우슬라 못지않게 영리합니다. 한데 그 넬틸타란 친구도 장로회에 갈 때 함께 있었소?"

"아, 아뇨, 넬틸타는 여기, 왼쪽 엉덩이 반에서 태어났어요.

120

혈기는 왕성하지만 아직 어리고 세상 물정을 몰라요. 반역자로 찍힌 토끼들과 친구라는 걸 남들한테 과시하면서 우쭐해하고 있어요. 자기가 어떤 행동을 하고 있는지, 장로회가 진짜로 어떤 곳인지도 모르고서요. 지휘관들에게 대들고 하는 거, 넬틸타한테는 다 장난이나 마찬가지예요. 언젠가 도가 지나쳐서 우리를 다시 곤경에 빠뜨리고 말 거예요. 어떤 경우에도 비밀을 알려 주지 마세요."

"같이 탈출할 만한 암토끼가 우리 반에 몇이나 있소?"

"흐라이어. 알다시피 불만이 쌓일 대로 쌓였거든요. 하지만 슬라일리, 탈출 직전까지 아무한테도 말하지 마세요. 넬틸타뿐 아니라 다른 토끼도 전부요. 마을에서는 비밀을 지키기가 힘들고 사방에 첩자가 깔려 있어요. 우리 둘이서 계획을 세우고 티수딘낭한테만 귀띔해 주어야 해요. 나는 티수딘낭이랑 때가 되면 같이 갈 암토끼들을 모을게요."

빅윅은 아주 우연찮게도 자기한테 가장 필요한 토끼를 만났음을 깨달았다. 스스로 판단하고 남의 짐을 나누어 질 줄 아는 강인하고 분별 있는 토끼였다.

"암토끼를 모으는 일은 당신한테 맡겨 두겠소. 당신들이 준비가 되면 탈출할 기회는 내가 만들 것이오."

"언제요?"

"해 질 무렵이 가장 좋을 거요. 빠르면 빠를수록 좋겠지. 헤이즐과 친구들이 우리를 기다리고 있다가 정찰대를 막아 줄 거요. 가장 중요한 건 새가 우리를 위해 싸워 줄 거란 사실이지. 운드워트도 그것만은 예상하지 못할 테니까."

하이젠슬라이는 다시 말이 없었다. 빅윅은 하이젠슬라이가 자신의 계획에 허점이 없는지 꼼꼼히 따져 보는 것을 알고 감탄했다.

"그 새는 토끼를 몇 마리쯤이나 상대할 수 있죠? 과연 추적대 전부를 쫓아 버릴 수 있을까요? 이건 대규모 탈출이라서 장군은 틀림없이 최정예 부대를 끌고 추적해 올 거예요. 언제까지나 도망다닐 순 없어요. 추적대가 우리 발자국을 놓칠 리 없으니 금세 따라잡을 거예요."

"우리 토끼들이 장로회보다 더 영리하다고 했잖소. 내가 아무리 설명해도 이 부분은 이해가 잘 안 갈 겁니다. 강을 본 적 있소?"

"강이 뭐예요?"

"그럴 줄 알았소. 그런 건 설명할 수 없어요. 멀리까지 도망치지 않아도 돼요. 놈들이 쫓아와 봤자 우린 바로 눈앞에서 싹 사라져 버릴 테니까. 난 그 순간만 기대하고 있지."

하이젠슬라이가 잠자코 있자 빅윅이 덧붙였다.

"날 믿어 줘요, 하이젠슬라이. 우린 정말로 감쪽같이 사라질 거요. 거짓말이 아니오."

"당신 생각이 틀렸다면 빨리 죽는 길만이 행복이겠군요."

"아무도 죽지 않아요. 우리 친구들이 엘-어라이라라도 자랑스러워할 만한 꾀를 내놓았소."

"해 질 무렵에 떠날 거면 내일이나 모레 밤이겠네요. 앞으로 이틀이면 이 표적반의 저녁 실플레이는 끝나요. 아시죠?"

"그래요, 나도 들었소. 그럼 내일로 합시다. 더 기다릴 거 뭐 있소? 그런데 문제가 또 있어요. 블랙카바르를 데려가는 일이오."

"블랙카바르? 어떻게요? 장로회 경찰이 감시하고 있는데."

"알고 있소. 훨씬 더 위험하겠지만 꼭 데려가고 말 거요. 내 계획은 이렇소. 내일 저녁 우리 표적반이 실플레이할 때 당신과 티수딘낭은 암토끼를 되도록 많이 모아 놓고 도망칠 준비를 해 둬요. 나는 마을에서 조금 떨어진 들판에서 새를 만나 내가 굴로 들어가는 순간 보초한테 덤벼들라고 할 거요. 그사이 나는 블랙카바르의 보초들을 해치울 거고. 놈들은 완전히 허를 찔리겠지. 나는 얼른 블랙카바르를 데리고 나와 당신한테 가겠소. 한바탕 소란이 벌어질 테니 그 틈을 타서 도망치시오. 우리를 쫓아오는 놈은 새가 알아서 공격할 거요. 무조건 철길 굴다리까지 도망치는 거, 잊지 말아요. 친구들이 거기서 기다릴 거요. 나만 따라오면 돼요. 내가 앞장서겠소."

"캠피언 대장이 정찰 나가 있을지도 몰라요."

"아, 제발 그랬으면 좋겠군. 정말이오."

"블랙카바르는 당장 따라나서지 않을지도 몰라요. 보초들 못지않게 놀랄 테니까요."

"미리 알려 줄 순 없겠소?"

"없어요, 보초가 잠시도 곁을 떠나지 않는 데다 실플레이도 혼자서 하거든요."

"언제까지 그렇게 살아야 하죠?"

"표적반 모두가 돌아가면서 블랙카바르의 모습을 보고 나면 장로회에서 죽일 거예요. 다들 그렇게 생각하고 있어요."

"그렇다면 좋소. 반드시 그를 데려가고 말겠소."

"슬라일리, 당신은 정말 용감하군요. 꾀도 그렇게 많나요? 내일이면 우리 목숨은 전부 당신한테 달려 있을 텐데."

"이 계획에 잘못된 부분이 있다는 건가요?"

"아뇨. 하지만 난 에프라파에서 한 발짝도 나가 본 적이 없는 암토끼예요. 예상하지 못한 일이라도 생기면……."

"어차피 모험은 모험이오. 여기서 벗어나 높은 언덕에서 우리랑 함께 살고 싶지 않나요? 그걸 생각해 보시오!"

"오, 슬라일리! 우리도 자기가 고른 수토끼와 짝짓기도 하고, 우리 손으로 굴을 파고, 아기 토끼를 낳아서 기를 수 있을까요?"

"그렇고 말고요. 게다가 벌집에 모여서 이야기도 하고, 맘 내키면 언제든지 실플레이도 하지. 멋진 생활이라는 거, 장담합니다."

"가겠어요! 아무리 위험해도 가겠어요."

"당신이 이 표적반에 있어서 얼마나 다행인지 모르오. 당신과 이야기하기 전만 해도 어떻게 해야 할지 몰랐는데."

"이제 아래 굴로 내려가 볼게요. 다른 토끼들이 당신이 왜 나를 불렀는지 궁금해할 거예요. 난 지금 짝짓기를 할 때가 아니거든요. 지금 돌아가면 당신이 잘못 알고 실망하더라고 둘러댈 수 있어요. 그렇게 말하는 거, 잊지 마세요."

"잊지 않겠소. 자, 가 봐요. 내일 저녁 실플레이 때 맞춰 준비하고. 당신을 실망시키지 않을 테니."

하이젠슬라이가 돌아가고 나자 빅윅은 죽도록 피곤하고 외로웠다. 그래서 멀지 않은 곳에 친구들이 있으며, 이제 다시 만날 날이 하루도 남지 않았다는 사실을 상기하려고 애썼다. 그러나 자신과 헤이즐 사이에 거대한 에프라파가 떡하니 버티고 있다는 사실을 잊을 수가 없었다. 온갖 불안한 상상들이 이어졌다. 설핏 잠든 사이에 빅윅은 캠피언 대장이 갈매기가 되어 강 위를 캬악캬악 울면서 날아다니는 꿈을 꾸다가 소스라치게 놀라 일어났다. 그러고는 다시 꾸벅꾸벅 졸았는데 이번에는 처빌 대장이 철사 덫이 놓인 풀밭으로 블랙카바르를 몰아가는 꿈을 꾸었다. 그리고 들판에 서 있는 말처럼 거대한 운드워트 장군이 그 모든 것 위로 우뚝 선 채 세상 끝에서 끝까지 모든 사건들을 지켜보고 있었다. 마침내 빅윅은 불안에 시달리다 못해 지칠 대로 지쳐서 깊은 잠에 빠져 들고 말았다.

36 다가오는 천둥비

잽싸게 내빼려던 참에
빌 하퍼가 나타나
아무것도 하지 못했네.

뮤직 홀 송

잔잔한 시내 밑바닥에서 기포가 올라오듯 빅윅은 서서히 잠에서 깨어났다. 곁에 다른 토끼가 들어와 있었다. 수토끼였다.

빅윅은 벌떡 일어나서 물었다.

"누구냐?"

상대방이 대답했다.

"나야, 애빈스. 실플레이 시간이야, 슬라일리. 종다리가 벌써 날아올랐어. 세상 모르고 자던데?"

"그랬나? 음, 곧 나갈게."

빅윅은 앞장서서 굴길로 내려가려다가 애빈스가 묻는 말에
발길을 딱 멈추었다.

"파이버가 누구야?"

빅윅은 긴장했다.

"지금 뭐라고 했어?"

"파이버가 누구냐고?"

"내가 어떻게 알아?"

"잠꼬대를 하더라고. 계속 '파이버한테 물어봐. 파이버한테
물어봐.' 하던데. 그래서 파이버가 누군가 하고."

"아, 생각났다. 전에 알던 토끼야. 날씨를 알아맞히는 재주
가 있었지."

"그런 녀석이라면 지금도 잘 알겠네. 그런데 천둥비 냄새 나
지 않아?"

빅윅은 코를 실룩거렸다. 소 냄새와 풀 냄새에 섞여 후텁지
근한 먹구름 냄새가 멀리서 풍겨 왔다. 빅윅은 천둥비 냄새에
불안해졌다. 거의 모든 동물들은 천둥비가 다가오면 긴장감이
고조되고 자연스러운 생활 리듬이 깨지면서 불안하게 마련
이다. 빅윅도 굴로 돌아가고 싶었지만 고작 천둥비 때문에 실
플레이 시간표가 바뀔 리는 없었다.

빅윅의 짐작대로였다. 처빌 대장은 벌써 굴 입구에서 블랙
카바르와 그를 지키는 보초 토끼 둘 맞은편에 앉아 있었다. 처
빌이 지휘관 둘이 올라오는 것을 알아차리고 그쪽을 돌아보며

말했다.

"어서 오게, 슬라일리. 보초는 벌써 세워 두었네. 천둥이 걱정되나?"

빅윅이 대답했다.

"상당히 걱정스럽군요."

처빌 대장이 말했다.

"오늘은 괜찮을 거야. 아직 멀리 있으니까. 아마 내일 저녁쯤 시작될 것 같아. 아무튼 우리 표적반 토끼들 앞에선 불안한 내색 하지 말게. 장군님 명령 없이는 아무것도 바꾸지 못해."

"그렇다고 장군님을 깨울 수는 없지."

애빈스는 이렇게 맞장구치고는 악의 섞인 투로 물었다.

"참, 슬라일리, 어젯밤에 암토끼 한 마리를 불렀다지?"

처빌 대장이 말했다.

"어, 그랬나? 누구지?"

빅윅이 대답했다.

"하이젠슬라이입니다."

처빌이 말했다.

"오, 말리 산*이군. 짝짓기 할 때가 안 됐을 텐데 이상하네."

빅윅이 말했다.

---

*말리 산 : '말리'는 암토끼, '산'은 명해지다, 정신이 돌았다는 뜻. 이 경우에는 '절망에 빠진 처녀'라고 번역하는 게 본뜻에 가장 가까울 것 같다.

"맞습니다, 제가 잘못 알았어요. 어쨌거나 저더러 골치 아픈 무리들이랑 친해져서 잘 휘어잡아 보라고 그러셨죠. 그래서 잠깐 이야기해 봤지요."

"효과가 있던가?"

빅윅이 말했다.

"솔직히, 뭐라 말하긴 힘듭니다. 하지만 계속해 보겠어요."

표적반 토끼들이 밖으로 나가는 것을 지켜보면서 빅윅은 어떻게 하면 가장 빠르고 효율적으로 굴로 뛰어 들어가 블랙카바르의 보초들을 공격할지 궁리했다. 일단 한 놈을 잽싸게 때려눕히고 곧바로 다른 놈을 공격해야 한다. 하지만 나머지 보초는 그사이에 싸울 준비를 할 것이다. 그놈과 싸우게 된다면 블랙카바르를 앞에 두고 입구를 등지고 선 채 싸워서는 안 된다. 블랙카바르가 당황한 나머지 굴속으로 도망칠지도 모르니까. 블랙카바르는 반드시 굴 밖으로 튀어 나가야 한다. 물론 운이 좋으면 두 번째 보초가 아예 싸움을 포기하고 굴속으로 도망칠 수도 있지만, 그런 요행을 믿을 순 없다.

빅윅은 키하르가 자기를 찾을 수 있을지 걱정하며 들판으로 나섰다. 작전대로라면 이틀째 되는 날 빅윅이 땅 위로 나오는 대로 키하르가 찾아오게 돼 있다.

쓸데없는 걱정이었다. 키하르는 새벽녘부터 에프라파 상공을 날아다니고 있었다. 빅윅네 표적반이 나오자마자 덤불숲과 경비선 중간쯤에 있는 들판에 내려앉아 여기저기 쪼아 대며 돌아다녔다. 빅윅은 풀을 뜯으며 서서히 다가간 뒤 키하르 쪽은 쳐다보지도 않고 한자리에서 계속 풀만 뜯었다. 잠시 뒤 키하르가 뒤쪽에 와 있는 기척이 났다.

"픽빅 씨, 얘기 많이 하는 거 안 좋아. 에이즐 씨가 당신 뭐 할지 말하래. 뭐 필요해?"

"두 가지가 필요해. 오늘 저녁 해 질 무렵에 말야. 하나는 모두 철길 굴다리 밑에 와 있으라는 것. 내가 암토끼들을 데리고 거기를 지나갈 거야. 추적대가 따라오면 너랑 헤이즐이랑 모두가 싸워야 돼. 그 배라는 거 아직 있어?"

"응, 응, 인간 안 갖고 가. 지금 한 말, 에이즐 씨한테 할게."

"부탁해. 그리고 한 가지가 더 있는데 잘 들어. 아주 중요한 일이야. 저기 들판에 토끼들 보이지? 저놈들이 보초야. 해 질 때쯤 여기서 만나자. 그러면 나는 저 나무들 뒤에 숨어 있는 굴로 들어갈 거야. 내가 들어가면 바로 보초들을 공격해 줘. 겁을 줘서 쫓아 버리라구. 도망가지 않으면 상처를 주어서라도. 어떻게든 쫓아 줘. 난 금방 다시 나올 거고, 그러면 암토끼들, 그러니까 엄마들도 나랑 같이 뛰어서 그대로 굴다리까지 갈 거야. 하지만 분명히 도중에 공격을 받겠지. 그러면 키하르가 또 싸워 줄 거지?"

"좋아, 좋아. 내가 덤벼들게. 아무도 당신 못 막아."

"훌륭해. 부탁할 건 이게 다야. 헤이즐이랑 친구들은…… 다 잘 지내지?"

130

"잘 있어, 잘 있어. 당신 훌륭한 친구래. 블루벨 씨는 '모두한테 엄마 하나씩, 빅윅한테는 둘 부탁해.'라고 했어."

빅윅이 이 말에 적당한 대꾸를 찾고 있는데 처빌 대장이 달려오고 있었다. 빅윅은 더 이상 말하지 않고 재빨리 대장 쪽으로 몇 발짝 뛰어가 바쁘게 토끼풀을 뜯었다. 처빌 대장이 다가오자 키하르는 둘의 머리 위를 낮게 날다가 나무들 너머로 사라졌다.

처빌 대장은 날아가는 갈매기를 눈으로 쫓다가 빅윅 쪽으로 고개를 돌렸다.

"저런 새가 무섭지 않나?"

"글쎄요, 별로."

"저런 놈들은 쥐도 공격하고 아기 토끼도 해쳐. 이런 데서 풀을 뜯다니 위험한 짓이야. 조심 좀 하지 그러나?"

빅윅이 대답 대신 뒷발로 서서 장난스럽게 처빌을 치자, 처빌은 그만 나동그라졌다.

"됐습니까?"

처빌은 부루퉁한 표정으로 일어났다.

"그래, 자네가 나보다 덩치는 크지. 하지만 에프라파 지휘관은 몸무게만으로 되는 게 아니란 걸 알아 두게. 자네가 아무리 강해도 저런 새는 위험해. 아무튼 저런 새가 나타날 철도 아닌데 갑자기 나타난 것부터가 이상해. 보고해야겠어."

"보고는 왜요?"

"이상하니까. 이상한 건 뭐든지 보고해야 해. 내가 보고하지 않았는데 다른 표적반 대장이 보고해 봐, 막상 우리가 보고할 차례가 되면 완전히 바보 되는 거라구. 본 것을 못 보았다고 할 순 없네. 벌써 우리 표적반에서도 몇이나 봤으니까. 지금 당장 보고하러 가야겠네. 실플레이는 슬슬 끝나 가니까 내가 늦게 오면 자네와 애빈스가 토끼들을 굴속으로 들여보내게."

처빌이 가자마자 빅윅은 하이젠슬라이를 찾아 나섰다. 하이젠슬라이는 티수딘낭과 함께 예전의 그 구덩이에 있었다. 처빌이 말한 대로 천둥구름은 아직 멀리 있었기 때문에 표적반 토끼들은 별로 불안해하지 않았다. 하지만 하이젠슬라이와 티수딘낭은 말도 않고 잔뜩 긴장해 있었다. 빅윅은 키하르와 나눈 이야기를 전해 주었다.

티수딘낭이 말했다.

"그 새가 정말 보초들을 공격할까요? 그런 이야기는 한 번도 못 들어 봤어요."

"나만 믿으라니까. 저녁 실플레이가 시작되면 바로 암토끼들을 한데 모아요. 내가 블랙카바르를 데리고 나올 때쯤이면 보초들은 달아나서 어딘가 숨어 있을 거요."

티수딘낭이 다시 물었다.

"어느 쪽으로 도망가죠?"

빅윅은 둘을 데리고 들판을 한참 지나 360미터쯤 떨어진 철둑 굴다리가 보이는 곳으로 갔다.

티수딘낭이 말했다.

"저기라면 캠피언 대장과 부딪칠 거예요. 알고 있죠?"

빅윅이 대답했다.

"캠피언은 블랙카바르를 막는 데도 애를 먹었소. 그러니 나나 그 새하고는 상대도 안 될 거요. 애빈스가 보초를 불러들이는군. 우리도 가야 돼요. 자, 걱정하지 말고 느긋하게 펠릿이나 씹고 한숨 자 둬요. 잠이 안 오면 발톱이라도 갈면서 기다리라구. 혹시 필요할지도 모르니까."

처빌 대장의 표적반 토끼들이 모두 굴로 들어가고 블랙카바르도 보초들에게 끌려갔다. 빅윅은 자기 굴로 돌아와 오늘 저녁에 있을 일을 머리에서 지우려고 애썼다. 한참 동안 끙끙거리다가 결국 저녁까지 혼자 있으려던 계획을 포기했다. 빅윅은 일반 토끼들의 굴을 둘러보며 함께 밥-스톤스 게임을 하고, 옛날이야기를 두 편이나 듣고, 자기도 한 편 들려준 뒤 도랑에다 흐라카를 누고는, 충동적으로 처빌 대장을 찾아가 다른 표적반을 방문해도 좋다는 허락을 받아 냈다. 어슬렁어슬렁 크릭사를 지나가다가 마침 왼쪽 옆구리 표적반이 니-프리스 실플레이에 한창인 것을 보고 함께 풀을 뜯다가 나중에 그들을 따라 굴로 들어갔다. 그쪽 지휘관들은 넓은 굴을 여럿이 함께 쓰고 있어서 빅윅은 경험 많은 고참들을 만나 대정찰에 얽힌 이야기나 무용담을 재미있게 들었다. 오후가 되어 느긋해지고 자신감을 되찾은 빅윅은 자기 표적반으로 돌아와 보초가 실플레이하라고 깨울 때까지 푹 잤다.

빅윅은 굴길을 올라갔다. 블랙카바르는 여느 때처럼 움푹 들어간 벽 앞에 힘없이 웅크리고 있었다. 빅윅은 처빌 대장 옆에 앉아 표적 토끼들이 나가는 모습을 지켜보았다. 하이젠슬라이와 티수딘낭은 눈길도 주지 않고 지나갔다. 둘 다 긴장하고 있으면서도 침착성을 잃지 않았다. 처빌 대장은 마지막 토끼를 따라 들판으로 나갔다.

빅윅은 처빌 대장이 굴에서 충분히 멀어질 때까지 기다렸다가 다시 한 번 블랙카바르 쪽을 힐끔 보고 나서 밖으로 나갔다. 환한 저녁 햇살에 눈이 부셔서 빅윅은 앞발을 들고 앉아 한쪽 뺨의 털을 가지런히 빗으면서 햇빛에 적응하느라 눈을 깜박였다. 잠시 뒤 들판 위를 날아오는 키하르가 보였다.

"드디어 때가 왔군. 자, 간다."

빅윅이 중얼거리는데 뒤쪽에서 누군가 말을 걸었다.

"슬라일리, 자네와 할 이야기가 좀 있네. 잠깐 덤불로 오겠나?"

빅윅은 앞발을 내리고 돌아보았다. 운드워트 장군이었다.

37 천둥구름이 몰려오다

빅윅은 순간 그 자리에서 운드워트와 싸울까 생각했다. 하지만 곧 그것은 쓸데없는 짓이며 재앙을 자초할 뿐임을 깨달았다. 일단 운드워트의 명령에 따르는 수밖에 없었다. 빅윅은 운드워트를 따라 덤불숲을 지나 승마길의 나무 그늘로 갔다. 한창 석양이 지고 있었지만 구름이 잔뜩 낀 듯 나무들 사이는 후텁지근하고 어두침침했다. 천둥구름이 몰려들고 있었다. 빅윅은 장군을 쳐다보며 기다렸다.

운드워트가 말문을 열었다.

"자네 오늘 오후에 왼쪽 엉덩이 표적반에서 나간 적 있나?"

"네, 장군님!"

빅윅은 운드워트에게 장군님이라는 존칭어를 붙이기 싫었지만, 에프라파 지휘관으로 있는 한 어쩔 수 없었다. 빅윅은 처빌이 허락했다는 변명은 하지 않았다. 아직 질책을 들은 건 아니었다.

"어디 갔었지?"

빅윅은 화가 났지만 꾹 참았다. 운드워트는 빅윅이 어디에 갔는지 뻔히 알고 있으면서도 묻고 있는 것이다.

"왼쪽 옆구리 표적반에 갔습니다. 그쪽 굴에 들어갔지요."

"왜 갔지?"

"시간도 남고, 거기 지휘관들한테 이야기 듣고 공부 좀 하려고 갔습니다."

"또 어디 갔었나?"

"없습니다, 장군님."

"왼쪽 옆구리 표적반 아우슬라 중에…… 그라운드슬이란 친구를 만났겠군."

"그럴지도 모르죠. 이름은 다 모릅니다."

"예전에 그 토끼를 본 적이 있나?"

"없습니다. 그럴 리가 있나요?"

잠시 침묵이 흘렀다.

빅윅이 물었다.

"장군님, 대체 무슨 말씀이십니까?"

운드워트가 말했다.

"질문은 내가 한다. 그라운드슬은 자네를 만난 적이 있다는 데. 자네 머리털을 보니까 생각이 나더라는군. 어디서 만났는지 알겠나?"

"전혀 모르겠습니다."

"자네, 여우한테 쫓겨 도망친 일이 있는가?"

"네, 며칠 전 이리로 오는 길에 그랬습니다."

"자네가 그 여우를 다른 토끼들한테 유인하는 바람에 토끼 하나가 죽었어. 그렇지?"

"일부러 그런 건 아닙니다. 거기에 토끼들이 있는 줄도 몰랐지요."

"왜 그 이야기는 안 했지?"

"그 뒤로 까맣게 잊어버렸습니다. 여우를 만나서 도망친 일이 잘못은 아니지요."

"자네 때문에 우리 에프라파 지휘관이 죽었어."

"우연한 사고였습니다. 제가 없었다 해도 여우한테 당할 수 있었습니다."

"아니네. 맬로라면 여우를 피했겠지. 여우는 자기 본분을 아는 토끼한테는 위험한 존재가 아니야."

"지휘관이 여우한테 죽었다니 안타깝습니다. 지독하게 운이 나빴군요."

운드워트는 크고 흐릿한 눈으로 빅윅을 지그시 바라보았다.

"그렇다면 한 가지만 더 묻지. 그때 정찰대는 한 무리의 토끼 흔적을 쫓고 있었다. 낯선 토끼들이었지. 그들에 대해 아는 것이 있나?"

"저도 그때쯤 토끼들의 흔적을 발견했습니다. 그게 다입니다."

"그들과 함께 있었던 것은 아니고?"

"제가 그들과 함께 있었다면 에프라파로 왔겠습니까?"

"질문은 내가 한다고 했을 텐데! 그들이 어디로 갔는지 정말 모른단 말이지?"

"모르겠습니다, 장군님."

운드워트는 눈길을 거두더니 한동안 아무 말도 하지 않았다. 운드워트는 빅윅이 이야기가 끝났으면 이제 가도 되느냐고 묻기를 기다리는 것 같았다. 하지만 빅윅은 자기도 잠자코 있겠다고 마음먹었다.

결국 운드워트가 말했다.

"한 가지 더 묻겠네. 오늘 아침 들판에 나타난 하얀 새 말야, 그런 새들이 두렵지 않은가?"

"네, 장군님. 그런 새가 토끼를 해쳤다는 얘기는 들어 보지 못했습니다."

"허나 슬라일리 자네처럼 경험이 많은 토끼라면 위험하다는 걸 알고 있을 텐데. 아무튼 왜 새한테 가까이 갔나?"

빅윅은 재빨리 머리를 굴렸다.

"솔직히 말씀드리자면 처빌 대장한테 잘 보이고 싶었습니다."

"거, 훌륭한 이유로군. 하지만 잘 보이고 싶다면 먼저 나한테 잘 보이게. 모레 대정찰대를 이끌고 나갈 걸세. 철길을 건너 그 토끼들의 흔적을 찾아볼 작정이야. 자네와 만나지만 않았다면 맬로 대장이 찾아냈을 텐데. 그러니 자네도 따라와서 실력 발휘를 해 보게."

"알겠습니다, 장군님. 영광입니다."

다시 짧은 침묵이 흘렀다. 빅윅은 이번에는 물러가려는 시늉을 했다. 하지만 다음 순간 날아온 질문에 움찔 걸음을 멈추었다.

"하이젠슬라이와 함께 있었을 때, 왼쪽 엉덩이 표적반으로 가게 된 이유를 말하던가?"

"네, 장군님."

"그 문제는 아직 완전히 수습되지 않았어. 감시 잘하게. 하이젠슬라이랑 이야기를 많이 할수록 좋은 일이네. 암토끼들이 마음을 잡은 건지 아닌지 모르겠다니까. 궁금하니까 알려 주게."

"잘 알겠습니다, 장군님."

"좋아. 이만 돌아가 보게."

빅윅은 다시 들판으로 나섰다. 실플레이는 거의 끝나 가고, 해는 이미 져서 어두워지고 있었다. 짙은 비구름이 저녁놀을 덮어 버렸다. 키하르는 아무 데도 보이지 않았다. 보초들이 들어오고 토끼들이 땅속으로 들어가기 시작했다. 빅윅은 풀밭에 홀로 앉아 토끼들이 모두 들어가기를 기다렸다. 키하르는 여전히 그림자도 보이지 않았다. 빅윅은 천천히 굴 쪽으로 갔다. 입구에 들어서는 순간 아우슬라파 하나와 부딪쳤다. 그 아우슬라파는 블랙카바르가 도망치지 못하게 입구를 막고 있었다.

빅윅이 말했다.

"이 한심한 멍청이 같은 놈, 저리 비키지 못해!"

그러고는 어깨 너머로 돌아보며 "가서 일러바치지 그래." 하고 비아냥거리고 자기 굴로 들어갔다.

*

흐린 하늘에서 빛이 사라져 가는 동안 헤이즐은 살그머니 굴을 빠져나가서 철길 굴다리 밑 딱딱한 맨땅을 지나 북쪽으로 나와 귀를 기울였다. 잠시 뒤 파이버가 다가오자 둘은 에프라파 쪽 들판으로 조금 나아갔다. 후텁지근한 공기 속엔 보리가 익어 가는 냄새와 비 냄새가 배어 있었다. 주위는 쥐 죽은 듯 고요했지만 테스트 강 이편 목초지에서는 도요새 한 쌍이 째지는 소리로 끊임없이 울어 대는 소리가 희미하게 들려왔다. 키하르가 철둑 꼭대기에서 날아 내려왔다.

헤이즐이 세 번째로 확인했다.

"분명히 빅윅이 오늘 밤이라고 했어?"

키하르가 말했다.

"걱정이야. 잡혔을지 몰라. 픽빅 씨, 끝. 그럴까?"

헤이즐은 대답하지 않았다.

파이버가 말했다.

"나도 모르겠어. 구름과 천둥. 들판 위쪽에 있는 그곳. 마치 강바닥과 같아. 거기서는 무슨 일이 일어날지 몰라."

"빅윅이 거기 있어. 빅윅이 죽었다면? 놈들한테 잡혀서 자백을 강요받고 있다면?"

파이버가 말했다.

"헤이즐—라, 이렇게 깜깜한 데서 걱정만 하면 빅윅한테 무슨 도움이 되겠어. 나쁜 일은 없을 거야. 뭔가 사정이 있어서 가만히 있는 거겠지. 아무튼 오늘 밤에 안 온다는 건 확실해. 그리고 여기는 토끼들한테 위험해. 내일 새벽에 키하르가 가서 소식을 가져오면 돼."

헤이즐이 말했다.

"네 말이 맞긴 하지만 난 돌아가고 싶지 않아. 혹시라도 빅윅이 오면 어떡해? 실버한테 토끼들을 데려가라고 하고 나는 여기 남겠어."

"혼자 있으면 아무 소용도 없어. 다리도 안 좋잖아. 넌 지금 나지도 않은 풀을 먹겠다고 하는 꼴이야. 풀이 자랄 기회를 주는 게 어때?"

철길 굴다리 아래로 돌아가 보니 실버만 마중을 나오고 다른 토끼들은 쐐기풀 덤불 속에서 불안스레 뒤척이고 있었다.

헤이즐이 말했다.

"오늘 밤은 포기해야겠어, 실버. 완전히 깜깜해지기 전에 강을 건너 돌아가자."

핍킨이 살금살금 지나가면서 말했다.

"헤이즐-라, 잘…… 잘되겠지, 응? 내일이면 빅윅이 오겠지?"

헤이즐이 말했다.

"그럼, 오고말고. 우리도 빅윅을 도와주러 다시 올 거야. 흘라오-루, 한 가지 더 말해 줄게. 만약 내일도 오지 않으면 내가 직접 에프라파로 갈 거야."

핍킨이 말했다.

"나도 따라갈게, 헤이즐-라."

*

빅윅은 자기 굴 속에서 하이젠슬라이와 바싹 붙어 웅크리고 있었다. 몸을 떨고 있었지만 추워서가 아니었다. 통풍이 잘 안되는 굴길에 천둥구름 기운이 가득해서 마치 수북한 낙엽 더미 속에 들어가 있는 것처럼 숨이 막혔다. 빅윅은 신경이 곤두설 대로 곤두서 있었다. 운드워트 장군과 헤어지고 나자 음모를 꾸미는 자가 느끼는 공포가 점점 목을 조여 왔다. 운드워트는 어디까지 알고 있을까? 에프라파에서 일어나는 일은 전부 운드워트의 손바닥 안에 있었다. 그 점은 확실했다. 운드워트는 헤이즐 일행이 북쪽에서 와서 철길을 건넌 사실도 알고 있고 여우 사건도 알고 있었다. 제철도 아닌데 갈매기가 나타나 에프라파 주변을 맴돌고 있으며 빅윅이 일부러 새에게 다가갔다는 것도 훤히 알고 있었다. 빅윅이 하이젠슬라이와 가까워진 것도 알고 있었다. 운드워트가 그 모든 정보를 한데 모아 빅윅의 작전을 꿰뚫어 보는 데까지 얼마나 걸릴까? 아니, 이미 모든 것을 알고 체포할 순간만 기다리고 있는지도 모른다.

운드워트는 모든 점에서 유리하다. 그는 모든 길이 만나는 길목에 버티고 있기 때문에 어느 길도 훤히 내다보고 있는 반면, 빅윅은 어리석게도 그의 적이 되어 무작정 덤불숲을 헤매고 다니며 자신의 움직임을 낱낱이 드러내고 있는 셈이다. 키하르와 다시 연락할 방법도 없었다. 키하르와 연락을 하더라도 헤이즐이 과연 다시 토끼들을 데리고 올 수 있을지 의문이었다. 어쩌면 캠피언의 정찰대에 들켰을지도 모른다. 블랙카바르한테 말을 거는 건 위험하다. 키하르에게 다가가는 것도 위험하다. 구멍을 막고 또 막아도 비밀은 새어 나간다. 걷잡을 수 없이 쏟아져 나간다. 앞으로 사태는 더 심각해질 것이다.

"슬라일리."

하이젠슬라이가 속삭였다.

"당신과 나와 티수딘낭뿐이라면 오늘 밤 탈출할 수 있을까요? 굴 입구에 있는 보초만 해치우면 정찰대가 추적을 시작하기 전에 도망칠 수 있을지도 몰라요."

빅윅이 물었다.

"왜죠? 왜 그런 말을 하는 거요?"

"무서워요. 실플레이 바로 전에 암토끼들한테 계획을 말했
거든요. 새가 보초들을 공격하는 즉시 도망치라고 했는데 아
무 일도 일어나지 않았잖아요. 넬틸타를 비롯해서 모든 암토
끼들이 우리 계획을 알고 있어요. 머지않아 장로회에 알려질
게 뻔해요. 물론 입을 꾹 다물고 있는 것만이 살 길이고 당신
이 다시 기회를 만들 거라고 단단히 일러두긴 했지만요. 지금
은 티수딘낭이 암토끼들을 지키고 있어요. 어떻게든 잠을 자
지 않고 지켜보겠대요. 하지만 에프라파에서 비밀이란 없어
요. 물론 우리는 되도록 신중하게 암토끼들을 골랐지만 그중
에도 첩자가 있을지 몰라요. 내일 아침이 되기도 전에 모조리
체포될지도 모른다구요."

빅윅은 제대로 생각하려고 애썼다. 결단력 있고 분별 있는
암토끼 두 마리만 데리고 탈출한다면 그리 어렵지 않을 것이
다. 하지만 보초를 죽이지 못하면 대번에 마을 전체에 경보가
울릴 것이고, 어둠 속에서 강을 찾아갈 수 있을지도 자신이 없
었다. 설령 찾는다 해도 적이 빅윅 일행을 쫓아 널다리를 건너
와서 아무것도 모르고 자고 있는 친구들을 덮칠 수도 있다. 게
다가 지금은 빅윅 자신도 용기가 꺾인 탓에 암토끼 두 마리밖
에 데려가지 못한다. 실버와 다른 토끼들은 빅윅이 어떤 고생
을 겪었는지 알려고도 하지 않을 것이다. 빅윅이 도망쳤다는

사실만 기억할 것이다.

빅윅은 되도록 부드럽게 말했다.

"아니, 아직 포기해서는 안 돼요. 천둥비와 기다림 때문에 불안한 거요. 자, 내가 약속하지. 내일 이맘때면 당신과 친구들은 에프라파에서 영원히 벗어나 있을 거요. 여기서 한숨 자고 나서 티수딘낭을 도와줘요. 그 높은 언덕이랑 내가 얘기했던 즐거움들을 잊지 말아요. 우린 그곳에 가는 겁니다. 고생은 곧 끝날 거요."

하이젠슬라이가 잠들자, 빅윅은 약속을 지킬 일도 암담하고 언제 장로회 경찰이 들이닥칠지 두려웠다.

'만일 그렇게 되면 나는 갈가리 찢겨 죽을 때까지 싸우겠어. 절대로 블랙카바르 같은 꼴은 되지 않을 거야.'

＊

눈을 떠 보니 빅윅은 혼자였다. 순간 하이젠슬라이가 체포된 게 아닌가 싶었다. 하지만 아우슬라파에게 끌려갔다면 바로 옆에 있던 자신이 모를 리 없었다. 하이젠슬라이는 빅윅이 깨지 않도록 조심하며 티수딘낭에게 돌아간 게 틀림없었다.

아직 동트기 전이었지만 공기는 여전히 답답했다. 빅윅은 발소리를 죽이고 출입구까지 올라갔다. 당번 보초인 머니워트가 초조한 듯 밖을 내다보다가 빅윅이 다가오는 소리를 듣고 돌아보았다.

"차라리 비가 쏟아졌으면 좋겠습니다. 들판의 풀들을 몽땅 못 먹게 될 만큼 천둥구름이 몰려오는데 비는 저녁때나 돼야 내릴 것 같군요."

빅윅이 대답했다.

"아침저녁 실플레이 마지막 날인데 재수가 없군. 가서 처빌 대장을 깨워 와. 토끼들이 나올 때까지 내가 여기를 지키고 있지."

머니워트가 가고 나자 빅윅은 굴 입구에 앉아 답답한 공기 냄새를 맡았다. 하늘은 나무 꼭대기에 닿을 듯 가라앉아 있고 구름으로 뒤덮인 동쪽 하늘만 여우 털처럼 붉게 빛나고 있었다. 종달새 한 마리 날지 않고 지빠귀 한 마리 울지 않았다. 빅윅의 눈앞에 펼쳐진 들판으로 개미 새끼 한 마리 돌아다니지 않았다. 빅윅은 도망치고 싶은 충동이 불쑥 치솟았다. 지금 같으면 눈 깜짝할 사이에 철길 굴다리까지 도망칠 수 있다. 이런 날씨에는 캠피언도 정찰을 나가지 않을 테니 안전할 것이다. 들판과 숲에 살아 있는 동물들은 부드럽고 거대한 발에 눌려 있는 듯 숨죽이고 있으리라. 누구도 움직이려 하지 않을 것이다. 이런 날씨는 움직이기 불편한 데다 본능적 감각마저 둔해지기 때문이다. 지금은 가만히 웅크리고 있을 때였다. 하지만 도망자에게는 안전하다. 사실 이보다 더 좋은 기회는 없을 것이다.

빅윅이 말했다.

"오, 별빛의 귀를 가진 토끼의 수호신이여, 제게 신호를 보내 주십시오!"

등 뒤에서 움직이는 기척이 났다. 아우슬라파가 죄수를 끌고 올라오고 있었다. 천둥구름이 낀 새벽 어스름 속에서 보니 블랙카바르는 여느 때보다 더 병색이 짙고 풀이 죽어 있었다. 코는 말라 있고 눈은 흰자위가 드러나 있었다. 빅윅은 들판으로 나가 클로버를 한입 가득 뜯어서 돌아왔다.

빅윅이 블랙카바르에게 말했다.

"기운 좀 차려. 클로버 좀 먹으라구."

그러자 아우슬라파가 말했다.

"규칙 위반입니다."

다른 아우슬라파가 말했다.

"아니, 먹게 해 주게, 바치아. 아무도 안 보는데, 뭐. 이런 날엔 누구나 힘든데 죄수는 오죽하겠어."

블랙카바르는 클로버를 먹었고, 빅윅은 처빌이 표적반을 감시하러 오자 원래 자리로 돌아갔다.

토끼들은 동작이 느리고 멈칫거렸으며 처빌도 여느 때처럼 활기찬 것 같지 않았다. 토끼들이 지나갈 때 말도 건네지 않았다. 하이젠슬라이와 티수딘낭이 지나갈 때도 가만히 있었다. 그런데 넬틸타가 걸음을 멈추고 건방진 눈빛으로 처빌을 바라보며 말했다.

"날씨 타는 거예요, 대장님? 정신 차리세요. 머지않아 깜짝 놀랄 일이 있을지 누가 알아요?"

처빌이 날카롭게 되물었다.

"무슨 소리야?"

"암토끼한테 날개가 돋아나 날아갈지도 모른단 얘기예요. 그것도 머지않아서요. 땅속에서는 비밀이 두더지보다 빠르게 돌아다니지요."

넬틸타는 다른 암토끼들을 따라 들판으로 나갔다. 순간 처빌은 넬틸타를 도로 불러들일 듯이 바라보았다.

빅윅이 얼른 말했다.

"대장님, 제 오른쪽 뒷발 좀 봐 주시겠습니까? 가시가 박힌 것 같습니다."

처빌이 말했다.

"그럼 밖으로 나와 보게. 밖이라고 해서 더 잘 보일 것 같지는 않네만."

처빌은 아직도 넬틸타의 말을 곱씹고 있는지 아니면 다른 이유가 있는지 꼼꼼히 살펴봐 주지 않았다. 자세히 찾아보았어도 마찬가지였을 것이다. 어차피 가시 따윈 없었으니까.

처빌이 고개를 들며 말했다.

"에잇, 제기랄! 저 망할 놈의 하얀 새가 또 왔네. 왜 자꾸 오는 거야?"

빅윅이 물었다.

"왜 그렇게 신경 쓰십니까? 우리한테 해를 끼치는 것도 아닌데. 달팽이라도 찾나 보죠.”

처빌은 운드워트 장군의 말을 빌려 대답했다.

“무릇 정상에서 벗어난 일은 위험이 될 소지가 다분하다구.
슬라일리, 오늘은 저놈한테 가까이 가지 말게, 알았나? 이건
명령이야.”

빅웍이 말했다.

“아, 알겠습니다. 하긴 대장님도 저 새를 쫓아 버리는 방법
을 알고 계시겠지요? 토끼라면 누구나 알 테니까.”

“말도 안 되는 소리. 설마 저렇게 크고 부리가 내 앞발만큼
굵은 새하고 싸우자는 얘긴 아니겠지?”

“아니, 아닙니다. 저희 어머니가 가르쳐 준 주문 같은 게 있
지요. ‘무당벌레야, 무당벌레야, 집으로 날아가거라.’ 같은 거
말입니다. 그 주문처럼 이 주문도 효과가 있지요. 어쨌거나 저
희 어머니가 하실 때는요.”

“무당벌레 주문이 듣는 건 단지 그 벌레가 줄기 꼭대기까지
기어 올라갔다가 날아가는 습성이 있기 때문이야.”

“알겠습니다, 대장님 마음대로 하십시오. 전 그저 대장님이
저 새를 싫어하시니까 대신 쫓아 버리려고 한 것뿐입니다. 예
전에 제가 살던 마을에는 이런 주문이나 속담이 많았지요. 인
간을 쫓아 버리는 주문도 있으면 좋을 텐데.”

처빌이 물었다.

“흠, 그 주문이란 게 뭐야?”

"이런 겁니다.

　'오, 날아가라, 커다란 흰 새여,

　　오늘 밤까지는 오지 마라.'

　물론 산울타리어로 말해야 합니다. 새들은 토끼어를 모를 테니까요. 어쨌든 해 보시죠. 주문이 안 먹힌다 해도 어차피 손해 볼 건 없고, 주문이 먹힌다면 표적 토끼들은 대장님이 그 새를 쫓아 버렸다고 생각할 겁니다. 그 새는 어디 있죠? 어두 침침해서 보이지가 않네요. 어, 저기 엉겅퀴 덤불 뒤에 있군요. 자, 이렇게 뛰세요. 이쪽으로 팔짝 뛰었다가 반대쪽으로 팔짝 뛰시고, 다리를 긁고. 네, 아주 잘하셨어요. 귀를 쫑긋 세우고, 쭉 똑바로 가다가…… 아! 다 왔군요. 이제 합니다.

　'오, 날아가라, 커다란 흰 새여,

　　오늘 밤까지는 오지 마라.'

　자, 보셨죠? 효과가 있잖습니까. 이런 옛 노래나 주문에는 우리가 모르는 힘이 깃들어 있는 것 같습니다. 물론 그 새도 마침 그때 날아갈 생각을 했던 건지도 모르지만요. 그래도 가긴 갔잖아요."

　처빌은 못마땅한 듯 말했다.

　"그렇게 채신머리없이 폴짝거리며 다가가서 그런지도 모르지. 표적 토끼들이 도대체 어떻게 생각하겠어? 아무튼 여기까지 나왔으니 보초들이나 둘러보러 가지."

　빅윅이 말했다.

"괜찮으시다면 저는 여기서 풀 좀 뜯겠습니다. 어젯밤에 별로 못 먹었거든요."

*

행운은 그것만이 아니었다. 그날 아침 느지막이 뜻밖에도 블랙카바르와 단둘이 이야기할 기회가 생겼다. 빅윅은 후텁지근한 굴을 돌아다녔는데 어디를 가나 숨이 차고 열기가 뿜어져 나왔다. 그래서 처빌을 잘 구슬려 표적 토끼들이 하루 중 얼마 동안이라도 땅 위의 덤불 속에서 지낼 수 있게끔 장로회에 요청하게 해 볼까, 그렇게 되면 도망칠 기회가 생길지 모르겠다고 생각하던 중에 문득 흐라카를 누고 싶어졌다. 토끼는 굴속에다 흐라카를 누지 않는다. 그리고 방금 화장실에 다녀왔다가 다시 간다고 하지 않는 한 언제든지 화장실에 가도 되는 어린 학생들처럼 에프라파 토끼들도 시원한 공기를 쐬고 싶거나 바깥 구경을 하고 싶을 때면 흐라카를 누러 도랑에 가곤 했다. 꼭 필요할 때가 아니면 자주 가지는 못하지만 몇몇 아우슬라는 너그럽게 봐주곤 했다. 빅윅은 도랑으로 나가는 굴로 가다가 어린 수토끼 두세 마리가 서성이는 것을 보고 늘 그렇듯 지휘관다운 태도로 물었다.

"왜 여기서 얼쩡대고 있나?"

"죄수 감시자가 출입구를 지키면서 못 나가게 합니다. 잠시만 기다리라며 아무도 내보내 주지 않습니다."

빅윅이 물었다.

"흐라카도 눌 수 없단 말인가?"

"네, 그렇습니다."

빅윅은 울컥해서 당장 입구로 갔다. 블랙카바르의 감시를 맡은 토끼가 보초와 이야기를 나누고 있었다.

아우슬라파인 바치아가 말했다.

"죄송하지만 지금은 나가실 수 없습니다. 죄수가 도랑에 있으니 잠시만 기다려 주십시오."

빅윅이 말했다.

"나도 금방 끝나. 좀 비켜 주겠나?"

그러고는 바치아를 밀치고 도랑으로 폴짝폴짝 뛰어나갔다.

금방이라도 비가 쏟아질 듯 잔뜩 찌푸린 날씨였다. 블랙카바르는 깃털처럼 드리워진 야생 파슬리 아래 쭈그리고 앉아 있었다. 너덜너덜한 귀에 파리들이 돌아다니고 있는 것도 알아차리지 못하는 것 같았다. 빅윅은 도랑으로 가서 블랙카바르 옆에 쭈그리고 앉았다.

빅윅이 재빨리 말했다.

"블랙카바르, 잘 들어. 프리스 님과 인레의 검은 토끼에 대고 맹세하는데 지금부터 내가 하는 말은 모두 진실이야. 나는 에프라파에 숨어든 적이야. 이 사실을 아는 건 자네와 암토끼 둘뿐이야. 오늘 밤 암토끼들을 데리고 도망칠 건데 자네도 데려갈 생각이야. 그때까지 잠자코 있어. 때가 되면 내가 와서 알려 줄 테니까 기운 차리고 준비하고 있어."

빅윅은 대답도 기다리지 않고 좋은 자리를 찾는 척하며 다른 곳으로 갔다. 그러고도 블랙카바르보다 빨리 입구로 돌아왔다. 블랙카바르는 감시자들이 재촉하지 않을 것을 알고 되도록 오래 나가 있으려는 모양이었다.

빅윅이 들어오자 바치아가 말했다.

"벌써 세 번이나 제 말을 어기셨습니다. 장로회 경찰에게 이런 식으로 하시면 안 됩니다. 저는 보고할 수밖에 없습니다."

빅윅은 대꾸도 하지 않고 굴길을 올라갔다. 빅윅은 기다리는 토끼들을 지나치면서 말했다.

"조금만 더 기다려 줘야겠어. 저 불쌍한 친구는 오늘 안으로 다시 바깥 구경을 할 기회가 없을 테니까."

빅윅은 하이젠슬라이를 찾아가 볼까도 했지만 떨어져 있는 게 현명하다고 결론 내렸다. 하이젠슬라이는 자신이 할 일을 잘 알고 있다. 그리고 둘이 함께 있는 모습을 되도록 보이지 않는 편이 낫다. 빅윅은 더위 때문에 골치가 지끈거리자 조용히 혼자 있고 싶어졌다. 그래서 자기 굴로 돌아와 잠을 잤다.

38 천둥비가 퍼붓다

자, 이제 바람아 불어라, 파도여 일어라, 배여 나아가라!
폭풍우가 왔으니 모든 것을 운명에 맡기라.

셰익스피어, 〈줄리어스 시저〉

오후 느지막이 사방이 어두컴컴해지고 공기가 몹시 후텁지근
해졌다. 이런 날 저녁노을은 없을 게 뻔했다. 헤이즐은 강기슭
의 오솔길에 나와 에프라파의 상황이 어떨지 상상하면서 안절
부절못했다.

헤이즐은 키하르에게 다시 확인했다.

"토끼들이 풀을 뜯을 때 너한테 보초들을 공격하라고 했지,
그렇지? 그러면 혼란을 틈타서 빅윅이 엄마 토끼들을 데리고
나온다고 했지?"

"응, 그래 놓고 안 나왔어. 지금은 가고 오늘 밤 또 와, 했어."

"그럼 그 계획대로 밀고 나갈 작정이군. 문제는 언제 다시 풀을 뜯으러 나오냐는 거야. 벌써 어두워지는데. 실버, 어떻게 생각해?"

"에프라파에서는 실플레이 시간이 늘 정해져 있어. 늦을까 봐 걱정되면 지금 떠나지, 왜?"

"놈들이 늘 정찰을 다니잖아. 에프라파 근처에 오래 있을수록 위험해져. 빅윅이 오기 전에 정찰대가 우리를 발견하면 우리만 도망치고 끝날 문제가 아니야. 놈들은 우리가 무슨 꿍꿍이가 있어서 온 줄 눈치 채고 경보를 울릴 거야. 그러면 빅윅은 모든 기회를 잃게 돼."

블랙베리가 말했다.

"이봐, 헤이즐─라. 우린 빅윅과 동시에 철길에 도착해야지 조금이라도 먼저 도착하면 안 돼. 지금 모두 데리고 강을 건너가서 배 근처 덤불숲에서 기다리는 게 어떨까? 키하르가 보초들을 공격하고 나서 돌아와 알려 주면 되잖아."

헤이즐이 대답했다.

"그래, 그러면 되겠다. 그리고 키하르가 오면 우린 즉시 철길로 가는 거야. 빅윅은 키하르뿐 아니라 우리 도움도 필요해."

파이버가 말했다.

"하지만 넌 그런 다리로는 굴다리까지 달려가지 못해. 배에 남아 있다가 우리가 올 때까지 밧줄을 갉아 놓기나 해. 싸움이 일어나면 실버가 맡을 거야."

헤이즐은 머뭇거렸다.

"싸우다가 다치기도 할 텐데……. 나만 뒤에 남아 있을 순 없어."

블랙베리가 말했다.

"파이버 말이 맞아. 넌 배에서 기다려. 만에 하나 네가 에프 라파 놈들한테 잡히면 안 되니까. 게다가 밧줄을 반쯤 갉아 놓 는 일은 굉장히 중요해. 그건 꼭 현명한 토끼가 맡아서 해야 돼. 너무 빨리 끊어지면 우린 끝장이라구."

헤이즐을 설득하는 데는 한참 걸렸다. 마침내 헤이즐은 마지 못해 그러겠다고 했다.

헤이즐이 말했다.

"오늘 밤 빅윅이 돌아오지 않으면 어디 있든 내가 찾아 나 설 거야. 벌써 무슨 일이 벌어졌는지도 모르지만."

미지근한 바람이 이따금 몰아치면서 강가 사초들이 사각거 릴 때 실버 일행은 왼쪽 강기슭으로 출발했다. 일행이 널다리 에 도착하자마자 천둥소리가 들려왔다. 이상하고 강렬한 빛에 둘러싸이자 풀과 나뭇잎이 더 커 보이고 강 건너 들판이 아주 가깝게 느껴졌다. 숨 막힐 듯한 정적이 흘렀다.

블루벨이 말했다.

"저기, 헤이즐-라. 이렇게 이상한 밤에 암토끼를 찾아가긴 처음이야."

실버가 말했다.

"좀 있으면 더 이상해질걸. 번개가 치고 비가 쏟아질 거야. 제발 부탁인데 겁먹지 마. 안 그러면 다시는 마을로 돌아가지 못해. 힘들 테니 마음 단단히 먹어."

그러고는 헤이즐을 보며 나직이 덧붙였다.

"나도 무섭긴 해."

*

빅윅은 자기 이름을 다급하게 불러 대는 소리에 깨어났다.

"슬라일리! 슬라일리! 일어나요! 슬라일리!"

하이젠슬라이였다.

"무슨 일이오? 뭐가 잘못됐소?"

"넬틸타가 체포됐어요."

빅윅은 벌떡 일어났다.

"언제? 뭣 때문에?"

"방금 전에요. 머니워트가 우리 굴로 와서 넬틸타더러 당장 처빌 대장한테 가 보라고 하더군요. 저도 뒤쫓아 가 보았죠. 넬틸타가 처빌의 굴에 가니까 굴 바로 앞에 장로회 경찰 둘이 대기하고 있고, 그중 하나가 처빌한테 '오래 걸리지 않게 빨리 처리하지요.'라고 말하고 있었어요. 그러더니 곧장 넬틸타를 끌고 갔어요. 장로회에 끌려간 게 분명해요. 아, 슬라일리, 어떻게 하죠? 죄다 불어 버릴 텐데……."

빅윅이 말했다.

"내 말 잘 들어요. 잠시도 지체하면 안 돼요. 얼른 가서 티수딘낭이랑 다른 암토끼들을 데리고 이 굴로 와요. 내가 없더라도 여기서 조용히 기다려요. 금방 올게요. 빨리 가요! 한시가 급하오."

하이젠슬라이가 굴길을 내려가 사라지기가 무섭게 반대쪽에서 누군가 다가오는 소리가 들렸다.

"누구냐?"

빅윅은 잽싸게 돌아보며 물었다.

상대방이 대답했다.

"처빌일세. 자네가 깨어 있어 다행이군. 슬라일리, 잘 듣게. 이제 곧 한바탕 난리가 날 걸세. 넬틸타가 장로회에 체포됐네. 오늘 아침 버베인에게 보고할 때부터 그렇게 될 줄 알았지. 넬틸타가 무슨 뜻으로 그런 말을 했는지 장로회에서 캐낼 거야. 장군님도 사건의 진상을 알게 되는 대로 이리로 오실 걸세. 이보게, 난 당장 장로회 굴로 가야 하네. 자네와 애빈스가 여기남아서 곧바로 보초를 세우게. 실플레이는 중지되었고, 어떤 이유든 아무도 밖에 나가선 안 돼. 출입구마다 보초를 두 배로 세우게. 알아듣겠나?"

"애빈스한테도 말씀하셨나요?"

"애빈스를 찾아다닐 시간이 없네. 자기 굴에 없더군. 자네가 보초들에게 경계 태세를 갖추라고 일러두게. 애빈스도 찾아오라고 하고 바치아한테도 누구를 보내서 오늘 밤엔 블랙카바르를 데리고 나오지 말라고 전해. 그러고 나면 보초들을 모을 수 있는 데까지 모아서 이 출입구들과 흐라카용 출입구를 막게. 아무래도 탈출 음모가 있었던 것 같아. 넬틸타는 쥐도 새도 모르게 체포했지만 표적 토끼들도 무슨 일이 벌어졌는지 눈치 채겠지. 필요하다면 거칠게 해도 좋아, 알겠지? 난 이만 가 보겠네."

"알았습니다. 당장 명령대로 하겠습니다."

빅윅은 굴길 꼭대기까지 처빌을 따라갔다. 출입구의 보초는 마저럼이었다. 마저럼이 비켜 주어 처빌이 지나가고 나자 빅윅이 뒤따라 나와 구름 낀 하늘을 쳐다보며 말했다.

"처빌 대장한테 들었나? 날씨가 이래서 오늘 밤 실플레이가 앞당겨졌네. 당장 시작하라는 명령이야."

빅윅은 마저럼의 대답을 기다렸다. 처빌이 나가면서 마저럼에게 아무도 못 나가게 하라고 명령을 내렸다면 싸움은 피할 수 없을 것이다.

하지만 다음 순간 마저럼이 말했다.

"천둥소리가 들렸나요?"

빅윅은 다짜고짜 말했다.

"어서 시작하라고 했잖아. 당장 내려가서 블랙카바르와 감시자를 데려와, 빨리. 폭풍우가 시작되기 전에 풀을 뜯으려면 지금 당장 토끼들을 내보내야 돼."

마저럼이 가고 나자 빅윅은 얼른 자기 굴로 돌아왔다. 하이젠슬라이는 벌써 시킨 대로 해 놓았다. 암토끼 서넛이 모여 있고, 옆 굴길에는 티수딘낭이 몇몇 암토끼를 데리고 웅크리고 있었다. 모두 겁에 질린 채 숨죽이고 있었다. 한둘은 공포에 질린 나머지 정신이 멍해지려 하고 있었다.

빅윅이 단호히 말했다.

"지금은 산 상태에 빠지면 안 돼요. 내 말에 따르기만 하면 살 수 있소. 잘 들으시오. 블랙카바르와 감시자가 금방 올 거요. 마저럼도 뒤따라올 테니 여러분은 어떤 핑계를 대서라도 마저럼한테 말을 시켜요. 곧 싸우는 소리가 들릴 거요. 내가 감시자를 공격할 거니까. 그 소리가 나면 잽싸게 굴길을 올라와 나를 따라 들판으로 도망쳐요. 무슨 일이 있어도 멈추어선 안 됩니다."

말을 마치자 곧 블랙카바르와 감시자들이 다가오는 소리가 들렸다. 그렇게 힘없이 질질 끄는 발소리를 내는 토끼는 블랙카바르밖에 없었다. 빅윅은 암토끼들의 대답을 기다릴 새도 없이 굴길 입구로 돌아갔다. 바치아가 앞장선 채 세 토끼가 한 줄로 걸어왔다.

빅윅이 말했다.

"괜히 올라오라고 했군. 방금 실플레이가 취소됐다는 소식을 들었네. 밖을 내다보면 이해가 갈 거야."

바치아가 바깥 날씨를 살피러 올라간 틈에 빅윅은 재빨리 블랙카바르와 바치아 사이로 끼어들었다.

바치아가 말했다.

"음, 확실히 폭풍우가 올 것 같지만, 나는……."

"지금이야, 블랙카바르!"

빅윅은 이렇게 외치며 뒤에서 바치아를 덮쳤다.

바치아는 빅윅 밑에 깔린 채 굴 밖으로 고꾸라졌다. 과연 아우슬라파답게 바치아는 뛰어난 싸움꾼이었다. 풀밭에 뒹굴면서도 고개를 틀어 빅윅의 어깨를 물고 늘어졌다. 그는 한번 물면 절대로 놓지 않도록 훈련을 받았다. 이 수법은 예전에 몇 번이고 효과가 있었다. 하지만 빅윅만 한 힘과 용기를 지닌 토끼와 싸울 때는 어림없었다. 제대로 싸우려면 일단 빅윅한테서 떨어져 발톱을 써야 했다. 바치아가 개처럼 물고 늘어지자, 빅윅은 으르렁거리면서 양 뒷발을 앞으로 당겨 바치아의 옆구리를 찍어 누르고는 아픈 어깨 따윈 신경 쓰지 않고 몸을 일으켰다. 바치아의 앙다문 이빨이 자신의 살점을 뜯어내며 떨어져 나오는 것이 느껴지더니 다음 순간 빅윅은 땅바닥에 나동그라져 맥없이 헛발질하는 바치아를 내려다보고 있었다. 빅윅은 훌쩍 뛰어 비켜났다. 바치아는 뒷다리를 다친 게 분명했다. 버둥거려 봤자 일어나지 못할 것이다.

빅윅은 피를 흘리며 거칠게 내뱉었다.

"내 손에 죽지 않은 게 천만다행인 줄 알아."

빅윅은 바치아가 어떻게 하는지 보지도 않고 다시 굴로 뛰어 들어갔다. 블랙카바르가 감시자 하나와 엉겨 붙어 싸우고 있었다. 바로 너머에는 하이젠슬라이가 티수딘낭과 함께 굴길을 올라오고 있었다. 빅윅이 감시자의 머리통을 사정없이 후려치자, 그 토끼는 블랙카바르가 늘 차지하고 있던 움푹 파인 벽으로 날아가 처박혔다. 감시자는 숨을 헐떡이며 일어나서 말없이 빅윅을 쏘아보았다.

　빅윅이 말했다.

　"꼼짝 마. 움직였다간 더 매운 맛을 보여 주마. 블랙카바르, 괜찮아?"

　블랙카바르가 말했다.

　"네. 그런데 이제 어떻게 하지요?"

　"날 따라오시오! 모두 다. 어서!"

　빅윅은 다시 밖으로 나갔다. 바치아는 보이지 않았으나, 다른 토끼들이 잘 따라오고 있는지 확인하려고 고개를 돌린 순간, 다른 출입구에서 애빈스가 깜짝 놀란 얼굴로 내다보는 모습이 언뜻 보였다.

　"처빌 대장이 널 찾고 있어!"

　빅윅은 큰 소리로 말하고 들판으로 내달렸다.

　그날 아침 키하르에게 말한 대로 엉겅퀴 덤불 앞에 이르렀을 무렵 저 너머 골짜기에서 천둥소리가 길게 울려 퍼졌다. 굵고 미지근한 빗방울이 후두둑 떨어졌다. 서쪽 지평선에는 낮게 깔린 구름들이 보랏빛 덩어리를 이루고 있고, 그 구름을 배경으로 멀리 있는 나무들이 또렷이 보였다. 구름 위쪽 언저리로 희미한 빛이 비쳐 들어 구름은 마치 머나먼 나라의 황량한 산맥처럼 보였다. 무게도 없고 움직임도 없는 구릿빛 구름 능선은 서리처럼 금방이라도 부서질 것 같았다. 다시 한 번 천둥이 치면 저 구름 산들은 부르르 떨며 산산히 부서질 테고, 그 폐허에서 고드름처럼 뾰족하고 따뜻한 파편들이 봇물처럼 쏟아질 것이다. 빅윅은 미칠 듯한 긴장감과 힘에 휩싸여 황토색 빛 속을 내달렸다. 어깨 상처가 아픈 줄도 몰랐다. 폭풍우는 빅윅의 것이었다. 폭풍우는 에프라파를 무너뜨릴 것이다.

빅윅이 넓은 들판을 한참 내달리며 눈으로 멀리 떨어진 굴다리를 찾고 있는데 경보를 전하는 땅의 진동이 느껴졌다. 빅윅은 멈춰 서서 주위를 둘러보았다. 뒤처진 토끼는 없는 것 같았다. 몇 마리인지 몰라도 암토끼들은 잘 따라오고 있었다. 하지만 양쪽으로 너무 흩어져 있었다. 토끼들은 원래 도망칠 때 흩어지는 습성이 있는 데다 굴에서 나올 때부터 암토끼들이 양옆으로 흩어져 달렸기 때문이다. 정찰대가 나타나 철길을 가로막을 경우 서로 가까이 모여 있지 않았다가는 무사히 돌파하기 힘들 것이다. 시간이 걸리더라도 암토끼들을 한데 모아야 했다. 그러나 또 다른 생각이 머리를 스쳤다. 보이지 않을 만큼 멀리 달아나기만 하면 날도 어둡고 비까지 내리는 탓에 추적대는 애를 먹을 것이다.

비가 점점 세차게 퍼붓고 바람이 더욱 거세어졌다. 저녁 어스름이 밀려오는 쪽을 보니 산울타리가 철길 쪽으로 뻗어 있었다. 빅윅은 가까이에 블랙카바르가 있는 것을 보고 달려가서 말했다.

"모두 저 산울타리 뒤쪽으로 가야 돼. 암토끼 몇을 데리고 저쪽으로 갈 수 있겠어?"

빅윅은 블랙카바르가 탈출 계획에 대해 아무것도 모른다는 사실이 떠올랐다. 하지만 헤이즐이나 강에 대해 설명할 여유가 없었다.

"산울타리의 저 물푸레나무까지 뛰어. 가는 길에 만나는 암토끼들을 다 데리고서 말야. 산울타리를 그대로 지나서 뒤쪽으로 나가면 나도 곧 뒤따라갈게."

마침 그때 하이젠슬라이와 티수딘낭이 암토끼 서넛과 함께 달려왔다. 혼란스럽고 불안한 기색이 역력했다.

티수딘낭이 헐떡이며 말했다.

"슬라일리, 발 구르는 소리예요! 추적대가 와요!"

"어서 뛰어요. 내 곁을 벗어나지 말고요."

암토끼들은 생각보다 훨씬 잘 뛰어 주었다. 물푸레나무 쪽으로 달려가는 동안 암토끼들이 더 합류하자 빅윅은 아주 강한 정찰대가 아니라면 충분히 상대할 수 있겠다는 자신감이 생겼다. 빅윅은 산울타리를 통과하자 남쪽으로 방향을 틀고는 산울타리에 바싹 붙어 비탈을 뛰어 내려갔다. 그러자 앞쪽에 수

풀이 우거진 철둑 굴다리가 보이기 시작했다. 과연 헤이즐이 기다리고 있을 것인가? 그리고 키하르는 어디에 있을까?

*

"흠, 그다음에는 어떻게 하기로 되어 있었지, 넬틸타?"

운드워트 장군이 물었다.

"우린 이미 많은 것을 알고 있으니까 하나도 숨기지 말고 자백해. 버베인, 그냥 둬. 자꾸 때리면 말을 못하잖아, 이 멍청아."

넬틸타는 숨을 몰아쉬며 말했다.

"하이젠슬라이가…… 아! 아! ……하이젠슬라이가, 큰 새가 보초들을 공격할 거라고, 하아-하, 그리고 그 틈을 타서 도망갈 거라고. 그러고는……."

"새가 보초를 공격할 거라고 했다고?"

운드워트가 당황하여 끼어들었다.

"그 말이 사실인가? 어떤 새라고 하던가?"

넬틸타는 헉헉거리며 말했다.

"모…… 몰라요. 새 지휘관이…… 새 지휘관이 새하고 이야기했다고 했어요."

운드워트가 처빌을 돌아보며 물었다.

"새에 대해서 알고 있나?"

처빌이 대답했다.

"지난번에 보고드린 대로입니다. 잊지 않으셨겠죠, 그 새는……."

그때 북적거리는 장로회 굴 밖에서 급한 발소리가 나더니, 애빈스가 토끼들을 밀치고 뛰어들면서 소리쳤다.

"새 지휘관이 도망쳤습니다! 암토끼들을 데리고 말입니다. 바치아한테 덤벼들어 한쪽 다리를 분질렀답니다! 블랙카바르도 함께 도주했습니다. 막을 경황이 없었습니다. 몇 마리가 함께 도망쳤는지는 모르겠습니다. 슬라일리, 그 슬라일리 짓입니다!"

운드워트가 벌컥 소리쳤다.

"슬라일리? 엠블리어 프리스, 그놈을 잡으면 장님을 만들어 버리고 말리라! 처빌, 버베인, 애빈스, 그리고 거기 서 있는 너희 둘도 따라와. 놈이 어디로 갔는가?"

애빈스가 대답했다.

"들판을 내려갔습니다, 장군님."

운드워트가 말했다.

"놈이 달아난 쪽으로 안내해."

크릭사에서 들판으로 나오자 지휘관 두셋은 어둑어둑한 가운데 빗줄기가 거세게 퍼붓는 것을 보고 멈칫했다. 하지만 더무서운 것은 운드워트 장군의 모습이었다. 지휘관들은 잠깐 걸음을 멈추고 발을 굴러 탈출 경보를 울린 다음 곧바로 장군을 따라 철길로 갔다.

운드워트 일행은 이내 빗물에 채 씻겨 내려가지 못한 핏자국을 발견했다. 핏자국은 에프라파 서쪽 산울타리에 있는 물푸레나무까지 이어져 있었다.

*

빅윅은 철길 굴다리 반대쪽으로 가서 곧추앉아 주위를 둘러보았다. 헤이즐도 키하르도 보이지 않았다. 바치아를 공격한 뒤 처음으로 불안감이 밀려들었다. 혹시 키하르가 오늘 아침에 전한 암호를 이해하지 못한 걸까? 아니면 헤이즐과 친구들에게 나쁜 일이 생긴 걸까? 만약 그들이 뿔뿔이 흩어진 채 죽었다면, 그래서 빅윅을 맞이해 줄 친구가 아무도 없다면? 그렇다면 빅윅과 암토끼들은 들판을 헤매다가 정찰대에게 잡히고 말 것이다.

빅윅은 스스로에게 말했다.

"아니, 절대 그렇게 되진 않아. 정 안 될 것 같으면 강을 건너서 숲 속에 숨을 거야. 젠장, 이놈의 어깨! 생각보다 더 성가시게 생겼군. 어쨌든 널다리까지는 가 보자구. 조금이라도 시간을 더 끌면 빗속이라 추적을 포기할지도 몰라. 과연 그럴까 싶긴 하지만."

빅윅은 굴다리 밑에서 기다리는 암토끼들한테 돌아왔다. 대부분은 어리둥절한 표정이었다. 다들 큰 새가 보호해 주고 새 지휘관이 추적을 따돌릴 작전, 장군까지도 꼼짝 못할 비밀 작

167

전을 쓸 거라고 하이젠슬라이한테 들었기 때문이다. 하지만 그런 일은 일어나지 않았다. 모두 몸이 흠뻑 젖어 있었다. 철둑 위쪽에서 굴다리로 빗물이 줄줄 흘러내려 맨땅이 질퍽해지고 있었다. 앞쪽에 보이는 것이라곤 좁은 길뿐으로, 쐐기 덤불을 지나 넓고 텅 빈 들판으로 이어져 있었다.

빅윅이 말했다.

"갑시다. 조금만 더 가면 안전해질 겁니다. 이쪽으로."

토끼들은 재깍 빅윅의 말에 따랐다. 빅윅은 세찬 빗줄기 속으로 뛰어들며 에프라파 규율이란 것도 쓸 만하다고 생각했다.

들판 한쪽에는 느릅나무들 옆으로 농장 트랙터가 다져 놓은 넓고 평평한 내리막길이 강가 목초지까지 이어져 있었다. 사흘 전 빅윅이 배 옆에다 헤이즐을 남겨 두고 달려 올라왔던 길이었다. 이제는 질퍽질퍽해져 토끼들이 지나기에 괴로웠지만, 강 쪽으로 똑바로 나 있는 데다 탁 트여 있어서 키하르가 온다면 토끼들을 쉽게 발견할 수 있을 것이다.

빅윅이 다시 뛰려는 순간 어떤 토끼가 바짝 쫓아왔다.

"멈춰, 슬라일리! 여기서 뭐 하나? 어디 가는 거야?"

빅윅은 캠피언 대장이 나타나리란 것을 어느 정도는 예상하고 어쩔 수 없다면 죽이겠다고 마음먹고 있었다. 하지만 막상 부하 넷만 거느린 채 폭풍우도 진흙탕도 아랑곳없이 필사적인 탈주자 무리 한복판에 침착하게 뛰어든 캠피언 대장을 바로 옆에서 보게 되니, 그와 적이라는 사실이 참으로 안타깝고 에프라파에서 그를 데리고 나갈 수 있다면 얼마나 좋을까 하는 생각이 들었다.

빅윅이 말했다.

"돌아가. 우리를 막지 마. 당신을 해치고 싶지 않아."

그러고는 다른 쪽을 힐끗 보며 말했다.

"블랙카바르, 암토끼들을 한데 모아. 뒤처지는 토끼는 정찰대에 잡힐 거야."

캠피언 대장은 여전히 나란히 쫓아오며 말했다.

"지금 포기하는 게 좋을걸. 자네가 어디로 가든 내 눈을 벗어나지 못해. 추적대가 오고 있어. 경보가 울렸거든. 그들이 오면 도저히 빠져나가지 못해. 자넨 출혈이 심하잖나."

빅윅이 캠피언을 후려갈기며 소리쳤다.

"닥쳐! 내가 당하기 전에 당신도 피 맛을 볼 줄 알아!"

블랙카바르가 말했다.

"내가 상대할까요? 이번에는 날 이기지 못할 거예요."

빅윅이 대답했다.

"됐어. 우리 발목을 잡을 생각인 거야. 계속 달리라구."

뒤쪽에서 티수딘낭이 소리쳤다.

"슬라일리! 장군이에요! 장군이 왔어요! 아, 어떡하죠?"

빅윅은 뒤를 돌아보았다. 아무리 강심장이라도 섬뜩한 공포를 느낄 만한 광경이었다. 운드워트 장군이 분노로 으르렁거리며 추적대를 이끌고 굴다리를 빠져나와 달려오고 있었다. 운드워트 뒤로 추적대가 따라왔다. 언뜻 보니 처빌과 애빈스와 그라운드슬이 눈에 띄었다. 그 밖에도 몇 마리 더 있었는데 사나운 표정의 우람한 토끼는 장로회 경찰대장인 버베인 같았다. 순간 빅윅은 지금 당장 혼자서 도망치면 저들은 오히려 잘됐다고 하면서 자기를 놓아줄지도 모른다는 생각이 들었다. 붙잡혔다간 죽음을 당할 게 뻔했다.

그때 블랙카바르가 말했다.

"걱정 마십시오. 당신은 최선을 다했고 이제 성공이 눈앞에 왔습니다. 저놈들 한둘쯤은 해치울 수 있습니다. 암토끼들 가운데 몇몇은 상황이 닥치면 싸울 줄 안답니다."

빅윅은 재빨리 블랙카바르의 너덜너덜한 귀에 코를 비비고는 엉덩이를 깔고 앉아 운드워트를 맞이했다.

운드워트가 말했다.

"이 더러운 놈, 감히 장로회 경찰한테 달려들어 다리를 부러뜨리다니. 이 자리에서 앙갚음해 주마. 너 같은 놈은 에프라파로 끌고 갈 가치도 없다!"

빅윅이 대답했다.

"이 정신 나간 노예 감독, 할 테면 해 봐."

"좋아, 더 이상은 안 봐준다. 거기 누가 있나? 버베인, 캠피언, 놈을 해치워. 나머지는 저 암토끼들을 마을로 끌고 가라. 죄수는 나한테 맡겨."

빅윅이 외쳤다.

"프리스 님이 보고 계신다! 네놈은 토끼도 아냐! 네놈도 깡패 아우슬라도 천벌을 받을 거다!"

그 순간 눈부신 번개가 하늘을 갈랐다. 눈을 멀게 할 듯한 섬광 속에서 산울타리와 멀리 있는 나무들이 펄쩍 튀어나오는 것처럼 보였다. 곧이어 천둥이 울려 퍼졌다. 바로 머리 위에서 거대한 물체가 갈가리 찢겨 나가는 듯한 무시무시한 소리가 나다가 이내 낮게 울리면서 모든 것을 때려 부수는 소리로 바뀌어 갔다. 그러고는 폭포수 같은 빗줄기가 쏟아졌다. 눈 깜짝할 사이에 땅은 물바다가 되고 무수히 많은 물방울이 튀어 올라 땅 위에서 몇 센티미터까지 안개로 자욱했다. 흠뻑 젖은 토끼들은 충격으로 멍해진 채 움직이지도 못하고 빗줄기 속에 붙박인 듯 웅크리고 있었다.

순간 빅윅의 마음속에서 조그만 목소리가 속삭였다.

'네 폭풍이야, 슬라일리-라. 폭풍을 이용해!'

빅윅은 숨을 크게 들이쉬며 간신히 일어나 발로 블랙카바르를 밀며 말했다.

"빨리 하이젠슬라이를 찾아. 출발이다!"

빅윅은 고개를 흔들어 눈으로 흘러 들어오는 빗물을 털어 냈다. 그러고 나서 보니 앞에 웅크리고 있는 토끼는 블랙카바르가 아니라 운드워트였다. 운드워트는 진흙탕과 빗물에 흠씬 젖은 채 큼직한 발톱으로 땅바닥을 긁으며 잔뜩 노려보고 있었다.

"네놈은 내가 죽이겠다!"

운드워트의 긴 앞니가 쥐의 송곳니처럼 번뜩였다. 겁먹은
빅윅은 운드워트를 자세히 살펴보았다. 운드워트는 육중한 덩
치를 이용해 맞붙는 작전으로 나올 것이다. 그렇다면 이쪽은
운드워트와 엉기는 것을 피하고 발톱을 써야 한다. 초조하게
자리를 바꾸다 보니 진흙탕에 발이 미끄러졌다. 왜 운드워트
는 덤벼들지 않을까? 순간 빅윅은 운드워트가 자기를 보지 않
고 머리 위쪽의 무엇인가를, 자기한테는 보이지 않는 것을 응
시하고 있음을 깨달았다. 별안간 운드워트가 뒤로 필쩍 물러
났다. 그와 동시에 모든 것을 집어삼키는 빗소리를 뚫고 거칠
고 쉰 외침 소리가 울려 퍼졌다.

"끼악! 끼악! 끼악!"

뭔가 크고 하얀 것이, 머리를 감싸 쥔 채 잔뜩 움츠린 운드워
트에게 덤벼들었다. 그러고는 위로 날아올라 사라졌다.

"픽빅 씨, 토끼들, 와!"

마치 꿈을 꾸듯 여러 가지 광경과 감정들이 빅윅을 둘러싸
고 소용돌이쳤다. 지금 눈앞에서 벌어지는 일들은 멍멍한 감
각을 통해 어렴풋이 전해질 뿐 실제 자신과는 아무 상관 없는
것처럼 느껴졌다. 키하르가 다시 날카롭게 외치며 버베인에게
덤벼드는 소리가 났다. 어깨에 난 상처에 차가운 빗물이 흘러
드는 것이 느껴졌다. 비의 장막 사이로 운드워트가 지휘관들
한테 들판 가장자리 도랑으로 대피하라고 다그치는 모습이 언

뜻 보였다. 블랙카바르가 캠피언을 공격하자 캠피언이 도망치는 모습도 보였다. 누군가 바로 옆에 와서 말했다.

"야, 빅윅. 빅윅! 빅윅! 우린 이제 어떻게 할까?"

실버였다.

빅윅이 말했다.

"헤이즐은 어딨어?"

"배에서 기다려. 아니 너, 다쳤잖아! 대체……."

빅윅이 말했다.

"그럼 암토끼들을 데려가."

혼란의 도가니였다. 암토끼들은 완전히 얼이 빠져 움직이지도 못하고 말을 알아듣지도 못하는 상태였지만, 실버의 재촉을 받고 일어나 하나 둘씩 비틀비틀 들판을 내려갔다. 다른 토끼들이 빗줄기를 뚫고 나타났다. 잔뜩 겁먹고 있었지만 도망치지 않겠다고 굳게 마음먹은 에이콘, 핍킨을 격려하면서 온 댄더라이언, 키하르 쪽으로 달려가는 스피드웰과 호크빗. 자욱한 빗속에서 키하르의 모습만이 뚜렷이 보였다. 빅윅과 실버는 필사적으로 친구들을 한데 모아 암토끼들을 데려가야 한다는 사실을 일깨워 주었다.

"블랙베리한테 가, 블랙베리한테!"

실버는 되풀이해서 말하고 빅윅한테 설명을 덧붙였다.

"돌아가는 길을 표시하려고 세 친구를 군데군데 배치해 뒀어. 맨 처음 길잡이가 블랙베리, 다음이 블루벨, 맨 끝이 파이

173

버야. 파이버는 바로 강가에 있어."

빅윅이 말했다.

"블랙베리가 저기 있군."

블랙베리가 부들부들 떨며 말했다.

"해냈구나, 빅윅. 고생 많았지? 아니, 맙소사! 어깨가……."

빅윅이 말했다.

"아직 끝나지 않았어. 다들 지나갔어?"

블랙베리가 말했다.

"너희가 마지막이야. 어서 가자구. 이런 폭풍우는 딱 질색이
야."

키하르가 바로 옆에 내려앉았다.

"픽빅 씨, 나 저 토끼들한테 덤볐는데, 도망 안 가. 도랑에
숨어 있어. 그러면 못 잡아. 도랑 따라 오고 있어."

빅윅이 대답했다.

"놈들은 절대 포기하지 않을 거야. 명심해, 실버. 놈들은 우
리가 도망치기 전에 반드시 공격해 올 거야. 강변 목초지는 풀
이 우거져 있으니까 그리로 숨어서 올 거야. 에이콘, 도랑 쪽
으로 가지 말고 돌아와!"

"블루벨한테 가! 블루벨한테!"

실버는 다시 이리저리 뛰어다니며 외쳤다.

들판 끝 산울타리 옆에 블루벨이 있었다. 블루벨은 흰자위
를 드러낸 채 금방이라도 도망칠 태세였다.

블루벨이 말했다.

"실버, 낯선 토끼들을 봤어. 에프라파 토끼 같아. 저쪽 도랑에서 나와 목초지로 갔어. 우리를 바로 뒤따라왔어. 한 놈은 내가 지금까지 본 토끼 가운데 가장 컸어."

실버가 말했다.

"그럼 여기 있으면 안 되겠다. 저기 스피드웰이 간다. 저건 누구야? 아, 에이콘이 암토끼 둘을 데리고 있군. 다 있는 것 같다. 자, 빨리 가자."

이제 강까지는 얼마 남지 않았지만 비에 흠뻑 젖은 갈대숲과 덤불, 사초, 깊은 물웅덩이 틈에서 길을 찾기란 불가능에 가까웠다. 토끼들은 언제 적이 공격해 올지 몰라 가슴을 졸이며 덤불숲을 헤치고 달리면서, 암토끼나 친구를 만나면 서로 빨리 달리라고 재촉했다. 키하르가 없었다면 모두 뿔뿔이 흩어져서 강까지 오지도 못했을 것이다. 키하르는 강기슭으로 곧장 이어지는 길을 쉴 새 없이 오가면서 길을 안내했고, 이따금 길을 잘못 든 암토끼를 발견하면 빅윅을 암토끼한테 데려다 주었다.

빅윅은 반쯤 누운 쐐기 덤불을 헤치고 다가오는 티수딘낭을 기다리며 말했다.

"키하르, 에프라파 놈들이 어디쯤 있는지 봐 줘. 근처에 와 있을 거야. 근데 왜 공격해 오지 않는 걸까? 우린 뿔뿔이 흩어져 있기 때문에 얼마든지 해치울 수 있을 텐데 무슨 꿍꿍이지?"

키하르는 금방 돌아왔다.

"다리에 숨어 있어. 수풀 속. 내려갔더니 그 큰 놈이 덤벼들었어."

빅윅이 말했다.

"그놈이? 용기 하나는 정말 대단하군!"

"당신들이 강 건너든지, 강기슭 따라갈 줄 알고 있어. 배는 몰라. 이제 배 가까워."

파이버가 덤불을 헤치며 달려와서 말했다.

"빅윅, 몇몇은 배에 태웠는데 대부분은 내 말을 믿지 않아. 자꾸 너만 찾아."

빅윅은 파이버를 따라 강기슭의 좁은 풀길로 뛰어갔다. 강은 빗방울이 그리는 무수한 동심원을 따라 출렁이고 있었다. 강물이 많이 불어난 것 같지는 않았다. 배는 여전히 한쪽 끝을 기슭에 대고 반대쪽 끝을 강물에 살짝 담그고 있었다. 그리고 기슭 쪽의 볼록 솟은 부분에는 헤이즐이 귀를 축 늘어뜨린 채 웅크리고 있었는데, 비에 젖어 찰싹 달라붙은 털이 새까맣게 보였다. 헤이즐은 팽팽히 당긴 밧줄을 입에 물고 있었다. 에이콘과 하이젠슬라이와 암토끼 두 마리가 헤이즐 옆에 웅크리고 있고 나머지 암토끼들은 강가 여기저기에 흩어져 있었다. 블랙베리가 배에 타라고 설득하고 있었지만 아무도 말을 듣지 않았다.

블랙베리가 빅윅에게 말했다.

"헤이즐은 밧줄을 놓을 수가 없어. 벌써 거의 다 갉은 것 같아. 그런데도 이 암토끼들은 지휘관이 너라는 소리밖에 안 하니, 원."

빅윅이 티수딘낭을 보고 말했다.

"이제부터 마법 같은 작전이 시작될 거요. 암토끼들을 하이젠슬라이 곁으로 데리고 가 주시오. 모두 다, 어서요."

티수딘낭이 대답하기도 전에 다른 암토끼가 공포에 찬 비명을 질렀다. 하류 쪽 덤불에서 캠피언과 정찰대가 나타나 강기슭의 좁은 풀길로 다가왔다. 반대쪽에서는 버베인과 처빌과 그라운드슬이 다가왔다. 비명을 지른 암토끼는 홱 돌아서 바로 뒤에 있는 덤불로 달렸다. 하지만 덤불 앞에 다다른 순간 운드워트가 나타나서 앞발로 암토끼의 얼굴을 후려갈겼다. 암토끼는 다시 방향을 바꿔 길을 가로질러 배에 올라탔다.

빅윅은 운드워트가 들판에서 키하르에게 습격을 당했지만 부하들에 대한 통솔력을 잃지 않고 훌륭한 작전을 세워 실행에 옮겼음을 깨달았다. 도망자들이 폭풍우와 힘든 조건 때문에 당황해서 갈팡질팡하는 동안 운드워트는 부하들을 도랑으로 데리고 들어가 키하르의 공격을 피하면서 강가 목초지까지 온 것이다. 다리 위치를 미리 알고는 도랑에서 곧장 다리로 가서 숨어 있었을 것이다. 그러다 어찌 된 일인지 도망자들이 다리로 오지 않을 것임을 눈치 채자마자 캠피언에게 덤불숲을 돌아 나가 하류로 가서 퇴로를 막으라고 명령했다. 캠피언은 늦지 않게 제대로 명령을 지켰다. 이제 운드워트는 여기 강기 슭에서 싸울 작정이었다. 키하르가 한 번에 몇 군데나 맡을 수는 없을 것이며 혹 덤벼들더라도 관목이나 덤불숲에 숨어서 공격을 피할 수 있었다. 상대의 수가 갑절은 많지만 대부분은 그를 두려워했으며 맹훈련을 받은 에프라파 지휘관도 아니었다. 이제 강을 등진 상태로 몰아넣었으니 서로 흩어지게 해 놓고 되도록 많이 죽이는 일만 남았다. 나머지는 도망쳐 봤자 고생만 죽어라고 할 것이다.

빅윅은 운드워트 부하들이 왜 그렇게 그를 따르고 충성하는지 알 것 같았다.

'놈은 토끼답지가 않아. 도망친다는 건 생각지도 않지. 사흘 전에 이런 사실을 알았더라면 난 절대로 에프라파에 가지 않았을 거야. 하지만 배는 아직 눈치 채지 못했겠지? 설사 눈치 챘더라도 그리 놀랄 일은 아니지.'

빅윅은 풀밭을 쏜살같이 달려 헤이즐 옆에 올라탔다.

운드워트가 나타난 덕분에 블랙베리와 파이버가 하지 못했던 일이 저절로 이루어졌다. 암토끼들이 한 마리도 빠짐없이 배로 뛰어들었다. 블랙베리와 파이버도 배에 올라탔다. 바짝 뒤쫓아 오던 운드워트가 강둑 가장자리에 이르러 빅윅을 마주 보았다. 빅윅도 지지 않고 노려보고 있는데 뒤에서 블랙베리가 다급하게 말하는 소리가 들렸다.

"댄더라이언이 없어, 댄더라이언만."

그때 처음으로 헤이즐이 입을 열었다.

"두고 갈 수밖에 없어. 부끄러운 일이지만, 놈들은 금방이라도 덤벼들 거야. 우리가 막을 수 없어."

빅윅이 운드워트한테서 눈을 떼지 않고 말했다.

"잠깐만 기다려, 헤이즐. 내가 놈들을 쫓아낼게. 댄더라이언을 두고 갈 수는 없어."

운드워트가 비웃었다.

"난 네놈을 믿었다, 슬라일리! 이제 내 말 잘 들어 둬. 너희는 강으로 뛰어들든가 이 자리에서 갈기갈기 찢기든가 둘 중하나다. 단 한 마리도 살아남지 못할 거다. 이젠 도망갈 데가없어."

빅윅은 댄더라이언이 맞은편 덤불 속에서 내다보고 있는 것을 보았다. 댄더라이언은 어쩔 줄 몰라 하고 있었다.

운드워트가 말했다.

"그라운드슬! 버베인! 내 옆으로 와. 명령이 떨어지면 일제히 덤벼든다! 그 새는 걱정 없……."

"저기 새가 온다!"

빅윅이 소리쳤다. 운드워트는 펄쩍 물러나며 얼른 하늘을 쳐다보았다. 그 틈을 놓치지 않고 댄더라이언이 쏜살같이 풀길을 가로질러 와 헤이즐 옆에 올라탔다. 그와 동시에 배를 묶어 놓은 밧줄이 끊어지며 작은 뗏배는 물살을 타고 강기슭을 따라 흘러갔다. 몇 미터쯤 갔을 때 배 뒤쪽이 천천히 돌면서 강

흐름을 탔다. 그런 상태로 강 한복판까지 나가더니 남쪽 강굽이로 접어들었다.

뒤를 돌아본 빅웍이 마지막으로 본 것은 배가 있던 자리의 분홍바늘꽃 틈새에서 멀어져 가는 배를 뚫어지게 바라보는 운드워트였다. 그 표정을 보니 워터십 다운에서 굴 입구까지 들이닥쳤다가 끝내 들쥐를 놓친 황조롱이가 떠올랐다.

워터십 다운의 열한 마리 토끼 3

2002년 10월 18일 1판 1쇄
2016년 2월 5일 1판 8쇄

지은이 리처드 애덤스
옮긴이 햇살과나무꾼

편집 관리 아동청소년문학팀
제작 박흥기 | **마케팅** 이병규, 양현범

출력 한국커뮤니케이션 | **인쇄** POD코리아 | **제책** 정문바인텍

펴낸이 강맑실
펴낸곳 (주)사계절출판사 | **등록** 제406-2003-034호
주소 (우)10881 경기도 파주시 회동길 252
전화 031)955-8588, 8558 | **전송** 마케팅부 031)955-8595 편집부 031)955-8596
홈페이지 www.sakyejul.co.kr | **전자우편** skj@sakyejul.co.kr
독자카페 사계절 책 향기가 나는 집 cafe.naver.com/sakyejul
페이스북 facebook.com/sakyejul | **트위터** twitter.com/sakyejul

값은 뒤표지에 적혀 있습니다. 잘못 만든 책은 구입하신 서점에서 바꾸어 드립니다.
사계절출판사는 성장의 의미를 생각합니다. 사계절출판사는 독자 여러분의 의견에 늘 귀 기울이고 있습니다.

ISBN 978-89-7196-914-4 44840
ISBN 978-89-5828-473-4 (세트)